クラスで陰キャの俺が実は大人気バンドのボーカルな件

Class de
In-cha no
ore ga
jitsu wa
daininki band no
vocal na ken

Contents

Class de **In-cha** no ore ga jitsu wa
daininki band no **vocal** na ken

第1話　妹とテレビで自分のニュースを見る朝

「それでは、今日の音楽ランキングの発表です！」

やけにテンションの高いアナウンサーが、毎朝恒例の音楽ヒットチャートの順位を発表する。

「——そしてっ、今朝も1位はこの曲！　ペルソニアの『Ｈｅｌｌｏ-Ｗｏｒｌｄ‼』です！」

そんなテレビの画面を俺、須田凛月《すだりつき》は妹のあかねと二人で食パンにかじりつきながら見ていた。

「このアナウンサー、絶対お兄ちゃんのこと好きだよね。いつもこの瞬間だけ妙にテンションが高いもん」

ミディアムヘアーの黒髪を綺麗《きれい》に整え、登校の支度を終えたばかりの我が妹がそんなことを口にした。

俺は思わず鼻で笑ってしまう。

「俺の〝音楽〟が好きなんだろ、歌ってるのがこんなチンチクリンの高校生だと分かったらどーせすぐに手のひらを返すぞ」

「もう、お兄ちゃんってば本当にネガティブなんだから」

「違う、俺はネガティブじゃなくて用心深いんだ。期待値が低ければ傷つく事もないだろ？　実に論理的な心の防衛手段だ」

　俺は一分の隙も無い持論を語るも、我が妹はテレビ画面の俺の特集を見ながら「ア〜、ソウデスネ」と呟《つぶや》くだけだった。

「……で？　用心深いから今日もそんな格好で学校に行くわけ？」

　我が妹はそう言うと、俺の姿をじろりと見やる。

「髪は長くてボサボサ、度の入ってないグルグル丸メガネ、そんなステレオタイプのオタクなんてもはや逆にいないわよっ！」

「いやっ！　完璧に変装できてるからっ！　誰にもバレてないから！」

「バレてないのは、まだアーティストとして顔を公表した事がないからでしょ……まぁ私としても安心だからそのままでいいんだけど」

「そうだ、安心してくれっ！　絶対にバレないようにする！　お前や家族には絶対に迷惑をかけないようにする！」

　俺の決意のこもった言葉を聞くと、あかねは大きくため息を吐《つ》いてしまった。

　やはり頼り無いと思われているのだろうか。

「まぁ、お兄ちゃんがそれでいいならいいんだけど……歌手活動は辞めたかったらいつでも辞めていいからね、それだけ」

コップに入った牛乳を気持ちよさそうに飲み干すと、あかねは食器を片付け始めた。

「俺が洗うよ」

「いいから、お兄ちゃんは先に学校に向かって。兄妹で登校するのも目立っちゃうでしょ」

「そ、そうか、悪いな」

カバンを背負うと、玄関へと続く廊下への扉を開く。

そうして、家を出て行こうとした時、ふと言い忘れていたことを思い出した。

「髪、少しだけ切ったんだな。いいと思うぞ」

それだけを言うと、扉を閉めて俺たち兄妹が通う白星《しらほし》高校へと向かった。

◇◇◇

「ねぇ、聞いた!? シオンの住んでる場所って関東らしいよ!?」

「マジ!? もう、しらみ潰しに家を訪問していくしかないじゃん!?」

「マジマジ! マネージャーの鈴木さんがテレビでぽろっと言っちゃったんだよね!」

教室の扉を開くと、クラスの女子たちがとんでもない話をしている。しらみ潰しって……そこまでして家を知りたいのか。

絶対に俺の正体はバレてはならない……俺は改めて気を引き締める。

「ちょっと……なんか鬼太郎メガネがこっち見てんだけど」

「はぁ、マジでキモいわ……」

思わず足を止めて彼女たちのほうを見つめてしまっていたみたいだ。

俺に聞こえる小声で罵倒されている。

ちなみに『鬼太郎メガネ』はクラスでの俺のあだ名である。

顔が見えないくらいの長髪にビン底メガネをかけているからという分かりやすいセンスだ。

さすがに妖怪扱い……はされていないと信じたい。

「ちょっと、あんたたち！　話してないで、こっちの作業手伝ってよ！」

「次のライブの応援うちわとハッピ、人数分作らなくちゃならないんだから！」

教室の後方では、これまた女子たちがペルソニアのライブに向けての準備をしていた。

〈シオンＬＯＶＥ!!〉〈素顔を見せて!!〉〈愛してる!!〉などの文字とハートが散りばめられたグッズが並べられている——俺の机と椅子の上にも。

助けを求めるような視線を軽く周囲に向けてみるが、当然誰も俺に気がついていない。

目立たないようにするためとはいえ、クラスに友だちをほとんど作らなかったのはこういう時に辛い。

というか、作れなかっただけなんですけどね。

「…………」

ホームルームの時間になればさすがに彼女たちも片付けざるを得ないだろう。

俺は居たたまれない時間を消費するためにトイレに向かった。

わざとゆっくりと、ちょうどよい時間に帰ってこれるよう廊下を歩く。

道すがら、他のクラスを覗くと同じような光景が広がっていた。

男子はペルソニアの新曲やＭＶの話、コピーバンドをしようなんて話。

おとなしそうに席に座っている女子もよく見たらファンレターを綴《つづ》っている。

内容は……〈シオンシオンシオンシオンシオン〜〜〉……何これ怖い。

（……とりあえず、俺の住んでる地方をバラした鈴木は楽屋で叱ろう。いや、もういっそ無理やりライブで歌わせてみるか）

もはや日常と化してしまった異様な光景にあらためておののきつつ、俺はマネージャーへの制裁を決意した。

第2話　ペルソニアのゲリラライブ

週末のペルソニアのライブを終えた次の日。

クラスは、いつもの通りペルソニアの話題で溢《あふ》れていた。

「ねぇ、昨日のペルソニアのライブ！　やばかったよね！」

「超大爆笑した！　だって、マネージャーの鈴木さんが歌わされたんだよ！」

「あれってシオンが鈴木さんに無理やり歌わせたらしいよ！」

「あ～ん、シオンきゅんって実はSなのかな～。私もイジメて欲しい～」

机で自習をしつつ、クラスの女子たちの会話を盗み聞く。

そんな気持ち悪い事してる俺がシオンです、本当にごめんなさい。

ちなみに、俺はSはSでもシスコンのSだ。

そんな俺の思考など知るよしもなく、女子たちは会話を続けていく。

「はぁ～でもやっぱり生で見たいよね」

「なに言ってるの！　ライブビューイングのチケットが手に入るだけでもすごいんだから！」

「そうよ！　遠くからでもシオンきゅんの応援ができればいいの！」

「それに……生でなんて見ちゃったら。意識を保てる気がしないわ～」

そう、俺のライブのチケットは滅多に手に入らないのだ。ネット販売を始めようものなら一瞬でサーバー落ち。次につながった時にはもう完売である……。

なんてことを考えていたら、彼女たちに一人の男子が近づいてきた。

「ふっ、君たち。チケットが手に入らなくてお困りのようだね？」

「あら？　神之木《かみのぎ》君、盗み聞き？　キモいわ、死んでくれる？」

「ぐはっ！　南沢《みなみさわ》……相変わらずの毒舌美人だな」

俺は持っていたペンを机の下に落とした。

決して動揺したわけではない。

そうっとかがんでペンを拾う俺に気付く者などおらず、会話は続いていく。

「で？　盗み木君、私たちに何の用なの？」

「神之木《かみのぎ》だ。いや、実はペルソニアが由比ヶ浜《ゆいがはま》の海岸でゲリラライブをやるって噂があってな」

「はぁ？　何よそれ、大ファンの私たちですら知らないんですけど？」

思わず立ち上がりかけ、頭をしたたか机にぶつける。

いや、それ俺も知らないんですけど!?

「日曜日に行われるって噂だ。ネットで見た」

「全然、信憑性《しんぴょうせい》がないわね」

「ちょっと待って、しかも日曜日って……」

「咲野《さきの》の誕生日会の日じゃない！　ダメよ！　そんなあるかも分からないイベントでパーティを潰すなんて！」

なんか盛り上がってますが、その日にゲリラライブはありません。

――って、ちょっと待って、咲野さん。

なんでそんな〝覚悟決めました〟みたいな顔をしているの。ダメだよ？　こんなデマを信じちゃ！

「みんなっ！　私はペルソニアの、シオンの、一番のファンでありたい！　だから――」

待って、やめて。

大切な誕生日会を潰してまでありもしないゲリラライブに向かうのは。

「例え１％の確率でも、シオンに会える可能性があるなら賭けてみたいの！」

０％だから！

海に行っても会えるのは気合の入ったサーファーだけだから！

「さきのん……分かったよ！　もちろん、私も付き合う！」

「ふん、ずるいよ。私だってシオン君の大ファンなんだから！　行くに決まってるでしょ！」

「みんなで行けばきっと奇跡は起こるよ！　最高の誕生日にしよう！」

いや、止めろよぉぉぉ！

なにいい雰囲気になってんの⁉

神之木もなに、〝いい仕事した〟みたいな顔してるの⁉

お前はマジで死ねよ！

ガッツリとデマ情報摑《つか》まされてるんだよぉぉ！

「みんなありがとう……。私、きっと忘れられない誕生日になるっ！」

きらきらと眩《まぶ》しい笑顔がはじけている咲野を横目で見る。

あの笑顔を曇らせるなどできるだろうか。

絶対、シオンならそんなことはしないだろう。

――俺はゆっくりと立つと教室を出た。

周囲に誰もいないことを確認し、校舎の影でスマホを起動する。

マネージャーに電話をかけるためだ。

「あ〜、鈴木。この前のライブは悪かった。それと、突然だが日曜日に由比ヶ浜でゲリラライブやりたいから手配をお願いしていいか？　メンバーには俺からお願いしておく」

来週末はどうやら休めそうにない。

第3話　今日も妹に怒られる

月曜日。

教室の窓際に、咲野たちが集まっている。

「私、本当に人生で最高の思い出になっちゃった！」

「よかったね〜、さきのん。本当によかった！」

「生のシオンきゅんやばかったね〜。私、毎日夢に見ちゃうかも……」

神之木発のゲリラライブ情報に乗るという賭けに出て、みごと勝利を収めた彼女たちは無事に俺《シオン》を見ることができた。

すでに1日経ったというのに昨日の事を思い出しては嬉《うれ》しそうに涙を浮かべている。

――そして、一方。

「うわっ、鬼太郎がマジで妖怪みたいな動きしてる……」

「気持ち悪っ！　悪霊《あくりょう》取り憑《つ》いてそう……」

女子たちの罵倒を浴びながら俺は机でふらふらと身体を揺らしていた。

原因は昨日のゲリラライブだ。

急ごしらえで準備をしての開催。巻き込んでしまった関係者各位への謝恩大会。

もう体力と精神力の限界である。

だが学校を休むわけにはいかない。

〝今日〟だけは……！

「それじゃあ、テストを配るぞ〜」

やる気のなさそうな声で担任が答案用紙を配る。

そう、今日は試験日なのだ。毎回学年1位をキープし続けている俺が休むなどあってはならない。

俺の本業はあくまで学生だ。副業である音楽活動なんかを理由に自分だけテストを別日に受けるなどもってのほかだ。

今朝は学校に行くのを妹に止められた。

それはもうなんかすごい必死に。

「お兄ちゃんダメ！　絶対行っちゃダメ！　寝てないんでしょ⁉　死んじゃうよ⁉」

「あかね、音楽活動はいつブームが過ぎるか分からん！　だからいい成績を残す必要があるのだ！」

「大丈夫だよ！　私、お兄ちゃんがいればなにも要らないよ！　だからお願ぃ！」

「親父なき今、俺がちゃんと成績優秀で将来は仕事に困らないようにならないと！」

「仕事が無くても私が一生お兄ちゃんを養うから大丈夫だよ！　だから行かないで！」

「手を離してくれ、あかね！　俺は行かねばならんっ！」

「耳を塞いでないで、私の言葉を聞いてよ！　うわぁ〜ん！」

普段クールなあいつですら今朝は何か言いながら腕を掴んで止めてきた。

俺は耳を塞ぎ、自分の意見を言うだけ言って、振り返らずに家を出た。

愛する妹の言葉を一つでも耳に入れてしまうと俺はきっと足を止めてしまっていただろう。

いざという時の為に俺はいい大学に行く。

そしていい仕事に就けるようにならなくては。

俺の家族は俺が守る……！

◇◇◇

「……ただいま〜」

無事に試験を終えて、学校から帰ってきた。

俺は恐る恐る家に入る。

玄関では、頬を赤らめた妹が怒ったような表情で待ち構えていた。

「おかえり。ほら、早く着替えて寝て」

ぶっきらぼうにそう言うと、俺の寝間着を渡してきた。

「お、おう……」

なんとなく妹の心情を推察してみる……。

今朝の自分の取り乱しっぷりを思い出すと恥ずかしい、でも、やはり家族である俺を心配している――といったところか。

それと、俺が結局学校に行ったので怒っているのだろう。

ここは一つ、小粋な冗談ではぐらか――和ませよう。

「……あかね、一緒に寝るか？」

「――は、はぁ!?　ふ、ふ、ふざけないでよ！　いいからさっさと寝てよ、この馬鹿！」

あかねは顔を真っ赤にして大声で俺にまくし立てる。そしてそのまま、自分の部屋に戻っていってしまった。

そんなに嫌だったのか……。中学生の頃はむしろ向こうから来てくれてたのに。

いつも怒らせてばかりの妹に好かれる日はいつかくるのだろうか。

シスコン道は険しい道だ。

そんなことを考えながら、俺は自室のベッドに入った。

「チャンスだったのにぃ～！　私の馬鹿ぁ～!!」

隣の妹の部屋からそんな声が聞こえてきた。

なんのゲームをしてるのかは知らないが、一人で大声を出すほど熱中するのはお行儀がよくない。

二人で熱中する分にはいいのだ、ひと眠りしたら俺も混ぜてもらおう。

——ベッドの上でバタバタと足を打ち付けているような隣の騒音を聞きながら、俺は目を閉じた。

【第4話　イジメ、カッコ悪い？　いえ、カッコ良すぎでした。】

あれ？　俺、またなにかやっちゃいました？

——そんな異世界転生モノの主人公のようなことを頭の中で呟きながら。

俺は教室の前に張り出された〝学年順位〟と書かれた定期試験の結果を見ていた。

そこには堂々の1位で俺、須田凛月の名前があった。

ふはは、ダテに机で一人で自習してるわけじゃねぇぜ！

そう、みんなが友だちと楽しくお喋りしている間も一人で勉強していたからな！

あれ？　なんでだろう、嬉しいはずなのに悲しい涙が……。

「…………」

なんてことを考えていたら。

突然、周囲を女子に囲まれた。

えっ、マジ!?

勉強ができるとこんなにモテるの!?　やったぜ！

だが次の瞬間、女の子のうちの一人がおもむろに俺の胸元を摑み上げ、睨みをきかせてきた。

「おい、お前が須田凛月だな？　ちょっとツラかせよ」

須田凛月、お前は泣いていい。
◇◇◇
不良女子たちに女子トイレに連れ込まれた。これはリンチですね、間違いない。

リーダー格のような女の子が俺の前に出てきて、身体の前で腕を組む。

首元までの赤い髪がよく似合う、気の強そうな美少女だ。

態度がデカければ胸もデカイ。

やっぱり腕組みすると少し楽なんですかね。

「私は2年A組の日陰琳加《ひかげりんか》だ。お前に用がある」

名乗りを上げてきた。戦国武将のような戦いの前の挨拶のようなものなのだろうか。

「おい、お前がテストで毎回学年1位を取ってるガリ勉野郎だって事は知ってる」

ちなみに、年間CD売上も1位です。

いつもありがとうございます。

「お前が1位のせいでなぁ！　吉春《よしはる》君がトップになれねぇんだよ！」

えっと……確か。

藤宮吉春《ふじみやよしはる》。……サッカー部主将で、勉強も毎回学年2位のモテ男だ。

なるほど、彼女は彼が好きなのだろう。そして周りは彼女の恋を応援する取り巻きか。

で、俺が毎回学年1位を取っているせいで藤宮くんが1位になれない事にご立腹らしい。

確かに可哀想な気もするけど、実力の世界だし……。

ここはガツンと言ってやろう。

「そ、そそ、そ、それで……お、、お、俺にどど、どうしろと」

俺は堂々と言い返した。相手がカースト上位だろうと悪には屈しない！

琳加は俺の弱そうな様子を見て勝利を確信したのだろう。邪悪な笑みを浮かべ、腕組みを解除すると再び俺の胸ぐらを摑む。

そんなに密着はしていないのに琳加の胸が自分に当たりそうで危ない。

一体俺はどうやってこの胸囲――いや、脅威に立ち向かえばいいのだろうか。

琳加はさらに凶悪な表情で〝要求〟を俺に伝えた。

「ちょ～っと、勉強のコツとかを教えてくれればいいんだよ。私がそれを吉春君に伝える」

「――えっ？」

あまりの可愛らしい要求に俺は困惑する。

すると、周りの取り巻きたちも急いでサポートを入れた。

「り、琳加さん！　それより、そいつを勉強できないようにしてやったほうがいいですよ！」

うん、俺もそれを覚悟してた。

「ば、馬鹿野郎！　それはやり過ぎだろっ！　テストの戦略とかを教えてもらえれば吉春君も頑張ってこいつを抜かせるんだ！」

クソ真面目かよ。

「で、でも琳加さん……そいつは筋金入りのガリ勉ですよ？　全国模試でも1位取っちゃうくらいの」

「だ、だからって妨害はできないだろ!?」

「あれ？　もしかして、琳加さんビビって――」

「よしっ！　お前が勉強できないようにしてやる！」

取り巻きの言葉にかぶせるようにして琳加は上ずった声を上げた。

琳加は胸ぐらを摑んだまま俺に再び顔を向ける。

そして、とても申し訳無さそうな表情をした。

……これは訳ありだな。

彼女は周囲の取り巻きの期待に応えようと無理をしているのだろう。

吉春君との恋愛も周囲の雰囲気に合わせているだけだろうか。

……だとしたら、悲しい女番長だ。

琳加はわずかに身体を震わせながら襲いかかってきた。

「こんなだっせぇメガネかけやがって、これがなけりゃ勉強もできねぇだろ？」

「クソー！　メガネを取られたら、もうどうしようもない！　やめてくれ！」

俺は呼吸を合わせて一芝居うった。

もちろん、メガネはダテなので全く困らないんですけどね。

琳加は前に垂れ下がった俺の髪を上に摑み上げて、メガネを摑む。

――メガネを奪い取る瞬間、「悪い、すぐに返す」と小声が聞こえた。

そして……俺の素顔を、至近距離にいる琳加だけが見てしまう形になった。

「――えっ？」

ポカーンとしたような表情で琳加は顔を真っ赤にした。

時間が止まったかのように静止し、驚きの表情で俺の顔を見つめ続けている。

「琳加さん、さすがです！　……あれ？　琳加さーん、どうしたんですか？」

「鬼太郎のキモすぎる顔を見て琳加さんが固まったｗｗ」

「さすがは妖怪！　顔面も妖怪級かｗｗ」

取り巻きたちの声に、意識を取り戻したかのように琳加はハッとした顔をすると。

急いで摑み上げていた俺の髪をなでつけ、顔を隠した。

前が見えねぇ……。

「こ、こいつの顔はマジで見ないほうがいい！　メガネも奪ったし、もう行くぞ！」

「うわ、マジで超絶ブサイクなんですね！ｗｗ」

「鬼太郎よかったねー、琳加さんに触ってもらえて！　一生の思い出じゃんｗｗ」

「じゃーな、妖怪！　しばらくそこで泣いてな！」

彼女たちの声が遠くになるまで、俺はトイレで呆然としていた。

「俺……やっぱり、陰で妖怪って呼ばれてたんだ」

そして、心の中で泣いた。

◇◇◇

「ご、ごご、ごめん！　本当にごめんなっ！」

人気《ひとけ》のない階段下。

琳加が俺に必死で頭を下げている。

メガネを奪われトイレから出た後、俺はすぐ彼女に捕まったのだ。そのまま階段下に連れてこられて現在に至る。

琳加は「用事がある」と言ってすぐにあのグループを抜けて俺にメガネを返しにきたらしい。

「明日でもよかったのに」

脅されているわけではないので、俺は普通に話せた。

もうほぼ確定で、彼女は悪い人ではないらしい。

胸の大きさは凶悪だが。

「お前をこのメガネ無しで歩かせるのは……その、危険だから。あ、あんなに、か、カッコいいと……」

後半はなんだか声が小さくて聞こえないが……。

俺の視力が本気で悪いと思っているのだろう。確かに、視界が悪いまま帰路につくのは危険だ。

俺の視力はむしろいいほうだが。

「ごめん、まさかあそこまでやらされることになるとは思わなかったんだ」

「日陰さん……やっぱり」

「同級生だろ、呼び捨てでいいよ。多分、お察しの通りだ」

「日陰……本当はやりたくなかったんだな」

「私の名前は琳加だ。そうだ、本当は吉春君にも興味はない。勝手に『琳加さんならお似合いです！』って言われて周囲に応援され始めたんだ」

そういう事か、琳加は本当は気が小さいのだろう。

「琳加、お前も友だち作りに苦労してたんだな」

「〝リン〟って呼んでくれ。期待に応えているうちに、友だちをなくすのが怖くなって引き返せなくなって……」

「リン……。やっぱり琳加のほうが呼びやすい」

「う～ん、いや、琳加でも大満足だ！　私はリツキって呼んでいい？」

「別に鬼太郎でもガリ勉でもいいよ。妖怪はやめてね、泣きそうになるから」

なんか琳加はすごくお互いの呼び方にこだわっている。

俺の下の名前を変に甘ったるい声で呼びたいらしい。

よく分からないが、彼女が満足そうに頷《うなず》いているのでよしとした。

「その、今回迷惑をかけたから、お詫《わ》びがしたくて」

「気にしなくていい。イジメられるのは初めてじゃないからな」

「そっか……初めては私じゃないのか」

「なんでちょっと残念そうなんですかねぇ」

「とにかく！　お詫びをしたいの！　そこで、これ！」

琳加は映画のチケットを2枚取り出した。

なんでそんな物を持ってるんだ……？

「それって……」

「そう、話題の映画『スクランブル・エッジ』の試写会チケット！　一緒に見に行こ！」

「場所は、渋谷《しぶや》の映画館……」

「リツキも知ってるでしょ!?　主題歌はペルソニアが歌ってるの！　そのせいで普通は全然取れないいんだから！」

「アー、ソウナンダ」

「運よく当たっちゃったんだよね！」

あまりにも知りすぎている映画。

そして、渋谷の試写会にはサプライズがある。

シオンこと俺が上映前に現れる事になっているのだ。

だから残念ながら一緒に行くのは無理だ。

「せっかく手に入れたなら、俺なんかじゃなくてあの取り巻きたちを誘ったほうがいいんじゃ？」

「そんなの、『琳加さん、吉春君を誘いましょう！　自分たちはそれを見守ります！』とか言われちゃうよ。私にとって吉春君はどうでもいい存在なんだ」

「……つまり、誘う人がいなかったと」

「ちょ、ちょっと！　私が友だち少ないみたいに言うなよ！」

「チケットはいつか誰かを誘えるように持ち歩いてたんだな……」

「まぁ、今回はたまたま相手が見つからなくてな」

胸を張って、強がるように琳加は言ってみせた。

こいつ……実はボッチか？

なんとなく分かってきた。

琳加は〝番長としての仮面〟しか持っていない。仮面の下の――本当は気が弱くて、根が真面目なこいつを知ってる奴がいないんだ。だから、映画を誘う相手すらいない。

とはいえ、俺もさすがに無理だ。断るしかない。

「あ〜、琳加。残念ながら、その日はな――」

俺が言いかけた瞬間、琳加は絶望的な表情をした。

――悪い癖だった。

できるだけ、人を笑顔にしたいと思ってしまう歌手であるシオンの。

彼女を仮面ではない、本当の笑顔にさせたい。

そう思ってしまった。

「――渋谷の映画館の隣のカフェでダラダラする予定が入ってるんだ」

「な、なんだよそれっ！　そこまで来てるなら一緒に見てもいいじゃん！　ってか暇じゃん！」

琳加は俺の冗談に気が付き、心の底から安堵《あんど》したような表情を見せた。

本当に嬉しそうだ。まぁ場所は一緒だしどうにかなるか。

こうしてまた俺は面倒事を抱え込んだ。

映画の約束を取り付けて、琳加は嬉しそうにしている。

念のため、俺はもう一度確認を取った。

「本当にいいのか？　俺なんかと歩いてるところを誰かに見られたらまずいんじゃないか？」

「渋谷なんて地元でもないから大丈夫だろ。誰とも会わないって」

「いやでも、万が一……いや、やっぱり俺が心配性すぎるのか？」

よく妹に言われる事を考えて、俺は首を捻る。

「リツキがメガネを外せば誰も鬼太郎だとは思わないよ。み、見えないなら、私がリツキと腕を組んで歩くから……」

「いや、俺は視力が悪くないから大丈夫だ。ダテメガネなんだ、かけると頭が良くなるからね」

「なんだそれ～。で、でも腕は組んでいいんじゃない？　ほ、ほら、転ぶと危ないし」

「俺は子供かな？　あいにく、歩くのは得意なんだ」

メガネを外したほうがいいという琳加の提案に俺はのることにした。

確かに、こんなビン底メガネを外せば少なくとも俺が鬼太郎だとはバレないだろう。

というか、今思ったが琳加に素顔を見られてしまったのは少しまずい。これで、もしシオンの素顔が世間にリークされたら琳加にはバレてしまう。仮面バンドとはいえ、俺が隠してるのは目元だけだし。関係者は俺の素顔が映ってる写真とか持ってるし油断はできない。

あと、なんでそんなに腕組みたいの？　俺が逃げられないように？

友だちへの執着心がすごいな。

「で、待ち合わせはどうする？」

「私の家に来て！　場所はスマホで送るから。だ、だから、ＲＩＮＥアドレスを交換して！」

「お、おう……」

まさか、学校の女子の連絡先を手に入れてしまうことになるとは……。

大丈夫、これ？　映画が終わったらブロックされたりしない？

電子マネーを買うように指示されたりしない？

「ふ、ふふ、ふふふふ……」

俺と連絡先を交換すると、琳加は不気味な笑い声でスマホを見つめ始めた。

こんなに嬉しそうにして……。こいつ、本当に取り巻き以外の友だちがいないんだろうなぁ。

学校外ではいいボッチ友だちになれそう。

「ね、ねぇ……ちなみにリツキは学校で他の女子のアドレスを持ってたりするの？」

「家族（とメンバー）以外はいないよ。俺の陰キャっぷりはなんとなく分かるだろ？」

「ふふ、そっか～。リツキの顔の事に気がついてるのは私だけかぁ～、そうなんだ～」

琳加はニヤけ顔を隠しきれないような様子で俺を見てきた。

こ、こいつ……俺のなにかに気づいているんだろうか。

いや、シオンは顔を公表していないんだ。出演する時は目元を仮面で隠してるし。その他にも工夫をしている。

バレっこないさ。

ちなみに、俺のスマホに家族とメンバー以外の女子のアドレスは無いが、シオンのスマホは女子だらけだ。

アイドル、女子アナ、女優、人気子役、さらには海外セレブまで。毎日のようにメッセージが送りつけられてくる。アドレスを教えないと、彼女らが楽屋まで付きまとって来るからだ。

「じゃあ、リツキ！　当日はうちに午前9時に集合だよ～！」

「はいはい」

ピョンピョンと飛び跳ねてこちらに何度も手を振る琳加を俺は見送る。

……めっちゃ揺れてるな、なにがとは言わないけど。

第５話　予想外の変装をさせられる

家に帰ると、琳加からＲＩＮＥのメッセージが来た。
〈リツキ、今日は本当にごめん。
二度とあんな酷《ひど》いことはしません。
映画は本当に楽しみにしてるからっ！〉
おぉぅ……マジで学校の女子からＲＩＮＥがくる日が来るとは。
それにしても、琳加は俺のメガネを少し拝借したくらいなのに罪の意識がすごいな。
やっぱり、友だちがいないと純粋すぎる子になってしまうのだろうか。
あいつに番長キャラは絶対に無理だろ。
〈別に気にしてない。俺も楽しみだ。〉
ふぅ……30分かけて執筆したのがこの文章である。
めちゃくちゃ書き直したわ。長いとキモがられるかもしれないし。
いや、でも素っ気なさすぎるかな？
結局正解が分からずこのまま送って寝た。

◇◇◇

（ここが琳加のハウスか……）

試写会当日。立派な一軒家の前で俺は立ち止まった。

これってインターフォン押していいの？

ＲＩＮＥで〈着いた〉って言えばいいの？

不審者と間違われる前に決めなくてはならない。

「リツキっ！　おはよっ！」

しかし、すぐに琳加が玄関を開けてくれた。

えっ、なんで分かったの？　ずっと外見てたの？　散歩が待ち遠しい室内犬なの？

「あぁ、琳加。おはよう」

「――って、なんでいつもの鬼太郎の格好で来てるの。変装するんでしょ？」

「あっ、つい癖で。外ではいつもメガネかけてるからなぁ」

俺がメガネを外すと、琳加はしばらく俺の顔を見つめた。

顔になにか付いてます？

琳加はまじまじと見つめるとぼんやりとした顔でため息を吐く。

すみません、ため息とか吐かせちゃって。俺ってうんざりするような顔なんですかね。

俺の顔から意識を逸《そ》らせるために口を開いた。

「それにしても。絶対に学校の奴には見つからないようにしないとな」

「リツキがメガネを外せばバレないと思うけど……？　そ、それにリツキとだったら別に噂されても……」

琳加は急にマゴマゴと小声になった。後半全然聞き取れなかったんですけど。

「違うよ、琳加が『吉春君以外の男と歩いてる』だけで問題なんだよ」

「……？」

琳加は分かっていない表情だ。

こいつ、マジで普段はボッチだったんだろうな。

取り巻きがいる分、俺よりもずっとマシだが。

「いいか、お前は『吉春君が好き』って事になってるのに、他の男と歩いてるのが誰かに見られたらどう思われる？」

「えっと、『琳加ちゃんはお友だちが多くて頼れる人だな～』って」

「そんな琳加ちゃんは存在しないっ！　いいか、間違いなく『琳加は男を取っかえひっかえしてるビッチ』って噂が流れるぞ！」

「び、ビッチ!?」

琳加は顔を青ざめて頭を抱えた。

気の毒だが、琳加に現実を見てもらう必要がある。

「友だちどころか、卒業まで周囲に白い目で見られることになるな」

「そ、そんな……男の人と歩いただけで……」

「しかもその相手が陰キャの俺なんかだったとバレてみろ。もう卒業後もずっとネタに——ごめん、自分で言ってて悲しくなってきた」

琳加はしばらく絶望していた。〝世間〟というものの恐ろしさを感じ取ったのだろう。

しかし、突然なにかを閃《ひらめ》いたような表情で顔を上げた。

俺の顔を見ながらなにかを考えている様子だ。

「……リツキ、やっぱり髪とかもそのままだと遠目から鬼太郎だとバレちゃう可能性があるよね」

「ま、まぁ、そうだな」

確かに、琳加の言う通りだった。

俺もシオンになる時は髪をメイクさんにいじってもらってるし。もちろん今日も映画館には俺《シオン》付きのメイクさんがスタンバイしている。

上手く琳加の前から抜ける事ができるかが問題だが。

「髪を後ろにまとめるか……琳加、ゴム持ってる？」

「えっ……あぁ！　ヘアゴムね！　もちろんあるよ！」

琳加は突然顔を真っ赤にした。こいつ、熱でもあるんじゃないだろうか。

「でもリツキ、髪をゴムでまとめるだけじゃバレちゃう可能性がある」

「ま、まぁな……でもどうすれば？」

琳加は悪童のような笑みを浮かべると俺の腕を摑んできた。

なにかよからぬ事を考えているんじゃないだろうか。

「映画まで時間もあるし、私の家でリツキを変身させちゃおう！」

「いや、家に上がるのは悪いだろう」

「大丈夫、家族は温泉旅行に行かせ——行ったから！　明日までは帰ってこない！」

「お前は置いていかれたのか……可哀想な奴め」

「いいから、ほらほら！」

俺は琳加の強引な勧誘を断り切れなかった。

「お姉ちゃんが演劇部なんだ、だからカツラとかもあるよ！」

「失礼な、まだハゲてねぇわ」

そんなこんなで琳加に振り回されて10分後……

「こ、これが……俺？」

「うわ、すごい……女優さんみたい……。メイクもしてないのに……」

完全に女装させられた俺が鏡の前に立っていた。

確かに、見てくれは金髪の女性に見えるが、中身が自分だと思うと気味が悪い。

「これなら男の人と歩いてることにもならないし、鬼太郎ともバレないね！」

「琳加お前は………」

俺は思わずため息を吐く。

「――天才かよ」

もちろん、途中で気がついていた。だって女性モノの服に着替えろって言うんだもん。

だが、俺は琳加の作戦にのることにした。

俺が恥をかくだけで琳加の世間体が保証されるならこんなに安い事はない。

俺の女々しい顔もたまには役に立つもんだ。

◇◇◇

金髪のカツラをかぶり、簡単なメイクを施した俺と琳加は地元の駅を出発した。

渋谷へ向かう電車の中、琳加は女装している俺に話しかけてくる。

「ねぇ、〝リツコちゃん〟。映画楽しみだね！」

ニタニタした表情で琳加は俺を煽《あお》る。

くそっこいつ、状況を楽しんでやがるな。

「あっ、ごめ～ん。さすがに電車は周りの人が近いから、声を出したら男の子だってバレちゃうね」

ニヤニヤが止まらないまま、琳加は小声で俺に呟いた。

なぜか美少女に弱みを握られている感覚……。

くそ、何かに目覚めそうだ。

とにかく、一方的にヤラレっぱなしも性に合わない。

少し驚かせてやろう。

「そうだね、琳加ちゃん！　私、すっごく楽しみっ！」

「――えっ!?　女の子の声!?　なんでっ？　どうなってるの!?」

俺の得意技を披露すると、思った通り琳加は面食らっていた。

〝七色《なないろ》シオン〟。

この芸名が付けられた理由は〝七色の声が出せる〟からである。

〝奇跡の歌声〟とまで評されている理由の一つは声域がとんでもなく広い事だ。

なので、実は女性の音域も出そうと思えば出せる。

他にもできるアーティストはいるが、俺ほど完璧ではないらしい。

俺は発声練習無しでスイッチを切り替えるように声を切り替えられるのだ。

その中にはもちろん、〝シオンの声〟もある。

「うそ……もしかしてリツキって女の子？　どうりで少しナヨナヨしてるし……」

「あら？　琳加さん、ぶっ殺しますわよ？」

「えぇっ!?　また声が変わった！」

今度はお嬢様ボイスで威嚇をして琳加をからかった。

琳加は目を白黒させている。

「おい、アレすげーって！　アニメみたいな声してたぞ！」

「声優さん!?　あんな綺麗な人いたっけ!?」

琳加をからかうだけのつもりがやりすぎてしまったようだ。

周囲の乗客たちがざわめき、携帯のカメラを向け始めてしまう。

「やばっ、おい琳加！　車両を移るぞ！」

「は、はぇぇ!?」

俺は琳加の腕を掴むと、急いで移動した。

「あ、あれ!?　男の声になった!?」

「何だよあれ！　俺、疲れてんのか!?」

ざわめく車内を後にして、別の車両へ。

渋谷駅に着くまではもうおとなしくしていた。
◇　◇　◇
「ねぇ、お願い！　もう1回やって！」

「しょうがねぇな。〝父さん！　妖怪が近くにいますっ！〟」

「あっはっはっ！　似すぎ！　やばい、お腹痛い！」

俺は得意の声真似で琳加を笑わせながら歩いていた。

妹を喜ばせるためにいっぱい練習したからな。まさか、その声の才能から歌が上手くなるとは思わなかったが。

「琳加ちゃん、ここから先は人が多いから女の子の声でいくよ♪」

「はぁ、はぁ、リツコちゃん本当に可愛いよ……えへへ、触っていい？」

「琳加ちゃん、めっちゃキモ～い♪」

俺が女声を出すと、とたんにキモオタみたいになる琳加と一緒に道玄坂下《どうげんざか》へ。

こいつ、番長という仮面がないとこんな感じなのか。

まぁ、ここまでくればもう同級生に会う事はないだろう、存分に仮面を外して楽しんで欲しい。

ちなみにどう考えても今の俺の状態のほうが100倍キモいです。

「へーい、お姉ちゃんたち。可愛いねぇ、お茶しない？」

通りを歩いて3分。

はい、来ました、ナンパですね。

琳加は黙っていれば超ド級の美少女だ。

中身は少し残念だったが。

綺麗な花には虫がたかるものだ。

こういう輩《やから》は無視して立ち去るに限る。

「ちょっと、待ってよ金髪のお姉ちゃん」

立ち去ろうとしたら男は俺の肩を摑んで止めてきた。

くそっ、しつこいな。

「その可愛さなら芸能人でしょ。一緒に写真だけでも」

「――おい」

ただならぬ気配を感じて隣を見ると、琳加がとんでもない怒気を放っていた。

男の手を俺の肩から払い除ける。

そして琳加は俺を自分の身体の後ろに隠した。

あれ？

こいつはへたれ番長だったはず……。

「汚い手でリツキに触るな」

「ひっ、ひぇぇ～!!　す、すみませんでした～！」

あまりの迫力に、男は逃げていってしまった。

「リツキ、大丈夫？　怪我《けが》はない？」

「は、はい！」

「本当に？　変な所は触られてない？」

「だ……大丈夫です」

思わず敬語が出てしまう。

なにこれ惚《ほ》れそう。イケメンかよ。こいつ、本当に番長の素質があったのか。

どうやら正しい事をしている時は力を発揮できるタイプなんだろう。取り巻きたちを魅了したのはこれか。

……取り巻きたくなる気持ちが分かる。

琳加さんめっちゃカッコ良かったもん。

◇　◇　◇

ナンパを撃退した後も近づいて来ようとする男たちに琳加が睨《にら》みを効かせてくれたおかげで無事に映画館に着いた。

道中は琳加がずっとシオンの話をしていた。

話を合わせるために、俺もシオンが好きだと言ったからだ。

琳加は昔から腕っぷしが強く、スタイルの良さや雰囲気も相まって周囲に恐れられてしまっていたようだ。

そのせいで、舎弟のような存在はできるものの対等な友だちはできなくて、素を見せられる相手がいなかったらしい。

そんな時に出会ったのが、ペルソニアの曲『So alone』。この曲は孤独だった琳加の心を癒やしてくれていたらしい。

上辺だけではない、まるで本当に孤独を感じているようなシオンの詩に〝孤独を感じて生きているのは自分だけではない〟と元気づけられたそうだ。

だから、琳加にとってシオンは大の恩人なのだと言う。

この曲は、俺が高校生活で友だちが一人もできない陰キャとしての孤独の感情をぶつけたものだったのだが……。

俺の黒歴史が役に立っていることに複雑な感情を抱きつつ映画館に入って行った。

◇　◇　◇

映画館に着くと、俺は早速ひと芝居打った。

いたずらに琳加を心配させるのは胸が痛いが、仕方がない。

自分たちの席の場所を確認したところで、俺はお腹を押さえてかがみ込んだ。

「あいたた！　ごめん、琳加。お腹が痛くて……ちょっとトイレに行く」

「えぇ!?　大丈夫!?　生理っ!?」

「んな訳あるかっ！　ただの腹下しだ！　先に席に座ってて！　しばらく戻れないと思うから、映画が始まっても気にしないで！」

「そんな……心配だよ。ついていく！」

「トイレについてこられても困るって！　じゃ、じゃあそういうことだから！　絶対に後で行くから！」

「あっ、ちょっと！　……行っちゃった」

俺はすぐに、シオンが来るのを待っている関係者控室に向かう。

急いで女装を解いて、シオンの格好にならなければならない。

◇　◇　◇

「お嬢さん、止まってください！　ここから先は関係者以外立ち入り禁止です！　――もしかして、酒木監督とお約束をされている女優さんとかですか？」

ガードマンに止められた。まぁ、当然か。

俺が身分を証明しようとした時、ちょうど廊下を酒木《さかき》監督が通りかかった。監督は俺に気がつくと、真っ直ぐにこちらへと向かってくる。さすがは監督だ、こんなカツラをかぶったくらいなら女装しててもシオンだと分かるのだろう。

俺は安心して酒木監督が来るのを待った。

「き、君っ！　私の映画に出てみないかっ⁉」

「……はっ？」

突然世迷い言を放った酒木監督に俺は目を白黒させる。

「い、いや失礼！　私は映画監督をしている酒木という者なんだが」

いや、みんな知ってますよ。

数々の映画賞を総ナメにして〝世界の酒木〟って呼ばれてるじゃないですか。

「君の魅力に一瞬にして虜《とりこ》になった！　ぜひとも次回作に出演をっ！」

出演者には〝鬼の酒木〟とも呼ばれている酒木監督が俺に頭を下げている。

なんだこれ……どうすればいいんだ。

「あの……監督……俺です。シオンです」

冷や汗が止まらないまま、俺は〝シオンの声〟を出して名乗った。

第6話　舞台挨拶には彼女がいない

「監督っ！　誰ですかその可愛い子!?　どこの事務所の子ですか!?」

おい、鈴木よ。

さすがにマネージャーのお前は分かれ。

歌わせるぞ。

「はっはっは！　次の映画に出演する女優だよ！　一発で話題になるぞ！」

あれ？　監督？

さっきお断りしましたよね？

「ふざけていないで、早く準備をしましょう。俺は何をすればいいんですか？」

「えぇ!?　その声、シオンか!?　嘘だろ!?」

「鈴木は後で説教だ。すみません、メイクさんと衣装さん。俺をシオンの格好にしてくれます？」

「えぇ〜！　すっごく可愛いのにもったいないよ〜！」

「大丈夫です、また終わったらこの格好になりますから」

ゴネるスタッフさんたちを無理やり言いくるめてすぐに着替えた。

俺が場の空気を乱してしまっている。変な格好で来てしまったせいだ。

せめて、イベントが予定通りの時間に行われるように話を進めないと。

目元を覆う仮面を装着すると、一度鏡の前で確認する。

衣装メイクが終わると俺は次に酒木監督のもとへ。

「確認をさせてください。僕が壇上で挨拶する位置はここで――」

「もぉ～マジメだなぁシオン君は。おじさん、安心して仕事任せられちゃう」

「そんな事言いながら、誰よりもマジメに作品を作ってる方に言われたくないです」

「おいおい、シオン君ほどのアーティストなら僕にゴマをする必要はないだろう」

「だからこそ、さっきのはショックだったんです。あんな簡単に、映画の出演なんて」

「いや、俺は本気だぞ！　シオン〝ちゃん〟を映画に出して撮りたい！」

「他の頑張っている役者に失礼です。気の迷いだと思っておきますから」

俺は少し不機嫌なまま次にイベントの司会者である女子アナウンサーに話しかけた。

「壇上でのトークが終わったら、退場しても大丈夫でしょうか」

「あ、し、シオンさん！　あ、あ、あの……！」

女子アナは非常に戸惑っていた。緊張してしまっているみたいだ。すごく若いみたいだし、新人さんなのかな？

「おい、シオン。あまり顔を近づけてやるな」

鈴木が俺にそんな事を言ってきた。こいつはよくミスをするが助言は本物だ。

俺は彼女に水を手渡すと、少し距離をとった。

「すみません、俺も緊張しちゃって……つい前のめりになっちゃいました」

「い、いえっ！　とんでもないです！　や、やっぱり仮面越しでもオーラというか……雰囲気というか……そ、そういうのに当てられてしまって！」

「は、はぁ……」

彼女は混乱しているようでよく分からない事を言っている。

俺の渡した水を少し飲むと、胸を押さえて深呼吸し、ようやく少し落ち着いたようだった。

「えっと、マネージャーさんにはＯＫいただいたのですが。シオンさんに最後にやってもらいたい事がありまして」

「はい、なんでしょう？」

「こ、このボールを観客席に向かって投げて欲しいのです！」

「これは？」

「このボールを受け取った人に、シオンさんがその場で色紙にサインを書いて渡します」

「プレゼントですね、分かりました！」

流れを確認し、いざ会場へ。

座席に一人で待たせてしまっている琳加へ罪悪感を覚えながら。

◇　◇　◇

「それではここでサプライズゲストの登場です！」

司会の女子アナ、白石さんが堂々と呼びかける。

よかった、もう緊張はしてないみたいだ。

割れんばかりの歓声の中、俺は酒木監督と共に壇上へ。

悲鳴に近い声量に酒木監督は笑いながら耳を塞ぐ。

一方で俺は深々とお辞儀をした。

そして、琳加の座っている席に目を向けてみる。

琳加は驚きの表情からとても嬉しそうな表情へコロコロと変わっていった。

ここに来るまでに一緒に歩いていた琳加がシオンを語っていた様子からよく分かる。

琳加は本当にシオンのことが大好きなのだろう。今回のサプライズの舞台挨拶も嬉しくて仕方がないはずだ。

——しかし、琳加はすぐに席を立って慌てて会場を出ていってしまった。

(しまった……琳加の奴、俺を呼びに行ったな)

きっと俺にもシオンを見せてあげたかったのだろう。

だが、外を探しても、トイレに行っても俺はいない。

すぐに諦めて戻ってきてくれるといいんだが……。

こうして、琳加がいないまま舞台挨拶が始まってしまった。

◇◇◇

「それでは最後にですね！　シオンさんから特別プレゼントがあります！」

結局、舞台挨拶が終わっても琳加は帰って来なかった。

映画の上映開始時間ギリギリまで俺を探しているのだろう。

そのせいで、自分の大好きなシオンの舞台挨拶が聞けなくなったとしても。

一緒に来ている、シオンが好きだと言っていた俺にも舞台挨拶を見せてあげたい。

琳加はやっぱりそういう子だ。

「なんとですね！　今からシオンさんが投げますボールをキャッチされた方はその場で、シオンさんの直筆サインを受け取ることができます！」

酒木監督はあらかじめ耳を塞いでいた。

案の定、プレゼントの発表を聞いた会場は暴徒のような怒号にも近い歓声を上げる。

俺のサインはかなりの値打ちらしい。みんな、欲しくてたまらないのだろう。

「それではシオンさん！　ボールをお持ちください！」

「分かりました！　う～ん、どこに投げようかなぁ～」

もし琳加がシオンのサインを受け取ったら飛び上がって喜んでくれるだろう。

俺は迷ったフリをして少しだけ時間を稼いだ。

しかしもう上映開始時間だ、これ以上琳加を待ってはいられない。

「じゃあ、投げまーす！　それっ！」

俺はボールを放り投げる。

「おい、シオン君！　俺がもらっちゃっていいの～!?」

「あっ、酒木監督はダメですよ！」

「あはは、次回作もお仕事がもらえるようにゴマをすっておこうかと思いまして」

めったにボケない俺のボケに会場が沸く。

舞台袖を見ると、鈴木がカンペを出していた。

〈時間がないからそろそろ投げてくれ〉と。

（琳加、まだ俺を外で探しているのか……？）

「鈴木さん、そんな所にいないでこっちに来てくださいよ！　一曲歌います？」

「こ、こら、シオン！　俺を呼ぶのはやめてくれよ！」

鈴木マネージャーの登場に会場が再び沸く。以前、ライブで歌わせた影響で鈴木にも人気が出てしまっているようだ。

だがもうこれ以上の時間稼ぎはできない。

ちょうどその時、会場の扉が静かに開いた。

入ってきたのは、俺を見つけることができなくて残念そうな表情の琳加だ。

俺はすぐに叫んだ。

「じゃあ、時間もないので投げます！」

もしも、琳加が自分の席に座っていたらどうだっただろうか。

狙った一つの席にボールを投げ入れる。

俺はそんな器用な真似はできないだろう。

なにより、周囲のお客さんが横から手を伸ばして取ってしまう可能性もある。

だが、一人だけ、〝明らかに違う場所〟にいたら？

「シオンさん、投げました！　おぉっとすっぽ抜けたか!?　会場の入口のほうへ！」

「――へ？」

（頼む、琳加受け取ってくれ……！）

それは迷惑をかけたお前への。

大好きなシオンの舞台挨拶よりも、俺を探しに行ったお前の優しい心への。

俺からのせめてもの返礼だ。

「――わわっ!?」

俺の投げたボールは琳加の胸元へ。

そしてうまく弾んで琳加がキャッチした。

ナイス、胸トラップ。ダテに大きくないな。

「おめでとうございます！　どうぞ壇上へ！　申し訳ございませんが、上映まで時間がありませんので駆け足でお願いします！」

「――へっ!?　は、はい！」

琳加は指示されたまま、周囲の恨めしそうな視線と共に壇上に上がる。

本人はなんのことか全く分かっていないだろう。

「ごめんなさい、私……なんのことか」

「では、シオンさん！　サインを書いて彼女にお渡しください！」

「へっ!?　サイン!?　嘘!?」

俺は手早く色紙にサインを書き始める。

「ごめんなさい、私、受け取れません。舞台挨拶も聞いていなかったので……。受け取ったら失礼です」

琳加は小声でまたクソ真面目な事を呟いた。

鈴木マネージャーが応対してくれる。

「すみませんが、やりなおす時間はありません。どうかこのまま受け取ってください」

鈴木の加勢に感謝しつつ、俺は急いでサインを渡す。

「それではそろそろ上映時間も近づいて参りましたので、ご挨拶はここまでにさせていただきます！　皆様、映画『スクランブル・エッジ』をお楽しみください！」

司会の白石アナが締めくくると、俺は監督たちと共に急いで控室に戻った。
◇◇◇
「本当にすみませんでしたっ！　謝罪は後日正式にさせていただきます！」

急いでシオンの格好を解除しながら、俺は監督達に謝った。

「なに言ってるんだ！　大盛り上がりだったじゃないか！　大成功だよ！」

「そうだよ、監督の締めの挨拶がカットになっちゃったけど、もともと時間調整用のものだったからね。予定どおりに映画も始められたし問題ないよ」

「むしろ、めったに見られないシオンのボケが出たなんて、ネットニュースになって宣伝効果もばっちり！　やっぱり超一流アーティストのファンサービスは違うなぁ」

「明日の朝のニュースが楽しみだなぁ。シオン君、また人気になっちゃうんじゃないかな」

「みなさん、あまりシオンを甘やかさないでくださいよ。今回のシオンの悪ふざけについては、マネージャーである僕からも謝らせていただきます」

後の処理は鈴木に任せて俺は急いで女装をする。

鈴木、本当にすまない……。

「女装なら、わ、私の下着貸しましょうか⁉」

「下着は別に大丈夫です！」

トチ狂った事を言っている衣装さんの言葉も受け流しつつ。

整髪料を洗い流し、いつもの髪型へ。

そして、上から金髪のカツラをかぶる。

俺は琳加が待つ客席へと向かった。

【第7話　日陰琳加は語らない】

俺はすでに上映が始まってしまっている会場に着くと、琳加の隣の自分の席に座った。

琳加は小声で俺に「大丈夫か？」と聞いてくる。

とても心配そうな表情だ。

こいつは20分以上も俺を探し回っていたはずなのに、全く頭にきていないようだ。

俺が「大丈夫だ、一人で待たせてすまなかった」と謝ると、琳加はまるで気にしていないかのように微笑んだ。

◇◇◇

〈ギルネリーゼ様、一緒にこの国を出ましょう！〉

〈ティム、私は貴方とどこまでも共に参ります！〉

映画のラスト、駆け落ちを決心したお嬢様が召使いの手を取って屋敷を抜け出す。

この家から、両親の呪縛から、許されぬ身分差を超えた愛の為に。

そして、俺の歌っている主題歌『Ｓｔａｎｄｉｎｇ ａｌｏｎｅ ｗｉｔｈ ｙｏｕ』が大音量で会場内に響いた。

会場内はすすり泣く音で溢れかえる。

俺は琳加にハンカチを渡した。

どうやら1枚じゃ足りそうになかったから。

◇　◇　◇

映画が終わると、歓声と共に拍手が沸く。

琳加も涙ながらに一生懸命拍手をしていた。

かく言う俺もなさけない事に泣いてしまっていたのだが、映画館は暗かったし、服の袖で涙は拭ったのでバレないだろう。

「あはは！　リツキ、めっちゃ目が赤いじゃん！　泣き虫～！」

「うっせ！　お前なんかハンカチ1枚じゃ足りないくらい泣いてたくせに！」

はい、速攻でバレました。

ちなみに何度か見ているのにまた泣きました。

俺は強がるも、何だか中学生みたいな言い返ししかできなかった。

あと、俺は今女装してるんだった。口調には気をつけないと。

鑑賞後の熱が冷めないのだろう、周囲の観客たちは口々に話をしている。

「映画もそうだけど、シオンの曲も最高だったね！」

「二人で屋敷を出て走り出す瞬間に曲がかかるんだもん！　もう泣くしかないじゃん！」

「しかも、映画の最初にシオンの『So alone』がかかって、最後は新曲の『Standing alone with you』になるんだよ!?」

「〝ひとりぼっち〟から〝ふたりっきり〟へ。最高の演出だよね！」

すごい、そこまで気が付くとは……

そうなのだ、だから今日琳加が俺の過去の曲である『So alone』を話した時、実は少しドキッとしていた。

偶然にも琳加の好きな曲が今回リメイクされている。

しかも新曲はある種のアンサーソングのようなもの。

〝孤独な二人が揃《そろ》えば、大きな力になる。自分と同じ孤独な相手はきっとどこかにいる〟という感じの曲だ。

琳加がここまで泣いてくれているということはきっと満足のいく答えだったのだろう。

俺は大勢の観客たちの様子よりも、隣にいる一人の女の子の様子に胸を撫《な》で下ろした。

「舞台挨拶のシオンも最高だったけど、映画も最高だったね！」

観客の一人が自分たちに聞こえる声でそんな話をしてしまった。

ここで遅れてきた俺が舞台挨拶の話に触れないのは不自然だろう。

仕方がない――。

「舞台挨拶なんかあったのか？　シオンも来たってことか？」

俺はとぼけた様子で琳加に聞いた。

俺を探していたせいで琳加は全く見ることができなかった舞台挨拶の様子を。

「えへへ、そうなんだ〜。残念だったね。私、サインまでもらっちゃった！」

「……なんだよそれ！　ずるいな〜！」

「はぁ〜、シオン君すっごくカッコ良かったな〜」

「…………」

憎まれ口の一つでも叩かれようと思っていたのに、琳加は俺を探して舞台挨拶を見れなかった事を明かさなかった。俺に気を使わせないためだろう。

そんな琳加を見て俺は決心する。

「それにしても、一人で待たせて本当に悪かった！　お詫びになにか奢《おご》ってやるよ！」

「えっ!?　べ、別にいいよ！　体調が悪い事なんて誰にでもあるでしょ？」

「いやっ、俺が体調管理できてなかったせいだ！　頼む、なにかさせてくれ！」

俺はせめてなにか琳加の願いを聞いてあげたかった。

琳加は俺の嘘を信じて、俺のために心配し。

俺を探して舞台挨拶を見逃し。

しかも俺のためにその全てを無かったことにした。

サインだけじゃ足りない。

こんなに健気な彼女になにかできる事をしてあげたい。

「う～ん、そんなに言うなら……。じゃあ、えいっ！」

琳加は俺の片腕に両腕で抱きついた。

……これは？

「う、『腕を片方寄こせ』ってこと……ですか？」

「なんでよっ!?　私、まだリツキにそこまで怖がられてるのっ!?」

ちょっとおどけてみせつつ。これはアレだろ、普通の女友達がやるやつだろ、琳加さん、取り巻きばっかで友達いないから……。よしっ、わかったぞ、俺は今日とことん琳加と友達デートをやってやる！

だけどこれじゃむしろ俺へのご褒美では？　と内心思っていることなど1ミリも顔に出さず、俺は腕に抱きつく琳加と一緒に映画館を出た。

第8話　妹よ…違うんだ、これには事情があって

「リツコちゃん！　今度はあの可愛いお店に入ろうよ！」

「そ、そうだねっ！　琳加ちゃん！」

琳加に連れられて様々なファンシーショップを回る。

もちろん、俺の片腕は人質に取られたままだ。

「ねぇ、見てこれ！　デブネコのクッションだって！　可愛い～！」

「ほ、ほんとだ～！　可愛いね～！」

「うわっ、なにこれ！　しかも腕が伸びるよっ!?」

琳加のテンションについていくのは正直疲れる。女子っていつもこんなにキラキラニコニコしてるの？

だが、俺はもう決めたんだ！

今日はとことん琳加に付き合って俺が心労をかけてしまった罪を償うと！

「リツコちゃん！　次はお洋服のお店に行っていろんなお洋服を着ようね！　だ、大丈夫だよ、なにもしないから！　本当に！　ちょっと、ちょっとだけ！」

「り、琳加ちゃん……なんだか目が怖いんだけど……？」

着せかえ人形にされる予感がした俺はさすがに断った。

琳加は基本的にクソがつくほどいい奴だけど、たまに目つきが怖くなる。

あと、俺の腕への密着度と、掴む力の強さがどんどん増してきてるのはどうしてかな？

時間をかけて少しずつ、もいでいこうとしてるの？

◇　◇　◇

「はぁ～、今日は本当に楽しかった～」

日が落ちる頃、俺たちは地元の駅まで戻ってきていた。

人混みの無い道が落ち着く。

「琳加はいつもこんなにはしゃいでるのか？」

俺は少し疲れた様子を隠せないまま尋ねた。

「あはは、ごめんね。リツキを疲れさせちゃったよね」

「馬っ鹿、お前。俺がこの程度で疲れるとでも思ってるのか？」

「顔に『疲れた』って書いてあるよ。消してあげる！」

「や、やめろ！　顔をムニムニするな！」

散々俺の顔を弄って、満足したようにため息を吐く。

俺みたいな陰キャは女の子に少し触られるだけで死ぬほどドキドキするからもうやめてね。

琳加はポツリと呟いた。

「お姉ちゃん以外とは初めてだよ、こんなに〝自分〟でいられたのは」

「……そうか」

琳加は嬉しそうな表情をしていた。

周囲に期待されて、その役割を演じることでしか友人を作れなかった。

今日は琳加にとっていい息抜きになったはずだ。

俺は琳加の頭を撫でた。

「──えっ？」

「いや、なんで私の頭を撫でたリツキのほうが驚いてるのよ」

「めちゃくちゃ自然に身体が動いたからビックリした。これが妹を持つ者の宿命か……」

自分で頭を撫でておいて、素っ頓狂な声を上げた俺に琳加がツッコミを入れる。

これがお兄ちゃんスキルというものか。

しかし、残念ながら実の妹にこれをやると顔を真っ赤にして怒られる。しばらくは目も合わせてくれなくなる。

シスコン道は茨《いばら》の道だ。

それに比べて琳加は多分嬉しそうにしてくれてる。

――やがて、琳加の家の前に着いた。

「……着いたな。家族は出かけてて、琳加は今夜は一人だったな。夜ふかしし放題じゃねぇか」

「送ってくれてありがとう。べ、別に二人でもいいけど……？　よ、よかったら私の家で少し休んでいかない？」

「いや、今日は俺が食事当番だ。早めに家に帰らないと妹が代わりに作っちまう」

「〝あかねちゃん〟だよね？　いい子なんだね、リツキに似て可愛いんだろうなぁ」

「当たり前だろ、世界一可愛いよ。俺に似てるとか失礼だろ」

「えぇ～……」

俺のシスコンっぷりに琳加は若干引きつった笑顔を見せる。

あと、お前は知らないんだろうけど男の人を簡単に家に上げちゃダメよ？

「分かった、じゃあ今日は勘弁してあげる」

「おう、すまねぇな」

「少し暗くなってきたし、リツキの家まで送ろうか？」

「いやいや、おかしいだろ……と強く言えないのが情けないな。家はすぐ近くだし、別にいいよ」

「じゃあ、もうそのまま帰るの？」

「そうだな、またいつでも付き合ってやるよ、学校だとなかなか絡めないだろうしな」

俺が自宅方向へと向きを変えると、琳加はなぜかニンマリと笑顔になった。

なに？　そんなに早く帰って欲しいの？

「リツキ！　絶対にまた遊んでね！」

「おーう！」

ずっとニヤケた表情のまま、見えなくなるまで琳加は自宅の前から俺を見送ってくれた。

◇◇◇

「ただいま～」

俺が玄関のドアを開けると、あかねがリビングから出てきた。

こいつはいつも玄関まで迎えに来ては「おかえり……」と吐き捨ててまたリビングに戻るのだ。

しかし、今回はいつもと様子が違った。

なぜか、俺の姿を見て固まってしまっている。

「お、おにい――いや、〝お姉……様〟？」

「……はい？」

頬を赤く染めてそう呟いたあかねの言葉で思い出す。

俺はカツラを被って女装したままだ。

――やられた。

「琳加の奴め……俺が忘れてるのを分かってて帰したな……」

まんまと一杯喰わされた俺はため息を吐いた。今ならあのニヤケた表情の意味もよく分かる。

あかねはワナワナと身体を震わせている。きっと俺の変な姿に笑いを堪《こら》えているのだろう。

「お、お兄ちゃんっ！　す、すごく可愛いよ！　どうしたの!?　いや、聞くのも野暮だよね！

私、お兄ちゃんがそういうのが趣味でも全然いいっていうか、むしろ大歓迎っていうかっ!?

これからは『お姉様』って呼ぶね！　お、女の子なら一緒にお風呂とか入っても大丈夫だよね！

女の子同士だもんね!?」

妹よ、そんなに煽りスキルが高かったのか……。俺が女装していることをここまで馬鹿にしてくるとは……。

いつもはもっと顔を真っ赤にして『ば、馬鹿っ！』とかしか言わないのに。どこでそんなの覚えてきちゃったの？

俺はカツラを外してもうひとつため息を吐いた。

◇　◇　◇

「えへへ～」

琳加はシオンのサインを机に飾ると嬉しそうな声を上げる。

色紙にはしっかりと書かれている。

〝りんかさんへ〟

「……ってあれ？　私、自分の名前言ったっけ？　混乱してて覚えてないけど、書かれてるってことはきっと言ったんだよね。まぁ、どうでもいいか！　シオンのサインだ～！」

琳加はいつまでもサインを見つめていた。

第9話　大評判の〝謎の女優〟

琳加との映画から数日後。ホームルーム前の朝の教室。

俺はいつものように自分の机で自習をしている。

正直、勉強をしたいのではなくて、ただ居たたまれない時間を消費したいだけだ。

そして、今日は〝ある事〟に対し特にビクビクしている。

「おいおいおいおい！　君たちっ！　見たかよこの動画！」

「あら？　神之木君、死んでくれる？」

「もはや理由もなくっ!?　相変わらずの毒舌美人だな南沢……」

今日もシオンの話題で盛り上がっている女子のグループ。

そこに命知らずな神之木が特攻した。

結果、いきなり撃たれたわけだが……。

「酒木監督がＹｕＴｕｂｅにショートムービーを公開したんだ！　その役者の中に１人、すごく魅力的な子がいてさ！」

そう言うと、神之木はスマホの画面を彼女たちに見せる。

「ほら、この〝赤毛の子〟！」

「う～ん、確かに可愛いけど……少し演技がぎこちなくない？」

「それにメイクが濃いね、この子なら元がよさそうだからもっと薄化粧でもよさそうだけど……」

動画を見ながらそれぞれに感想を述べていた。

どうやら感触はあまりよくなさそうだ。

哀れ、神之木……。

〝そんな子〟をおすすめしてしまったお前の落ち度だ。

「ふっふっふ！　君たち、この後この子のセリフがある。よく聞いていてくれ」

神之木はそう言って、自信満々に動画の続きを再生した。

〈私が君を守る！　だから、安心してこの手を握ってくれ！〉

「…………」

「…………」

「…………」

女性陣は言葉を失ってしまった。

えっ、なに？　やっぱり絶句するほど酷かったの？

「す、すごい綺麗な声……まるで歌を歌ってるみたいな」

「それでいて、頼りになる。まるで男の人みたいな安心感……」

「だ、だけど見た目はすごく可愛い。や、やばい……女の子なのに変な気を起こしちゃいそう」

いやいやいや、酷い大根芝居だと思うよ!?

なんでみなさん、顔を赤らめていらっしゃるんですかね!?

あと、なんだ！　神之木お前、その表情は！

その顔をやめろ！『またいい仕事しちまったぜ……』みたいな！

「次の映画に出演して欲しい俳優をこの役者たちの中から選ぶんだってさ」

「そうなんだ……やっぱりこの子かなぁ」

「わ、私もこの子が映画に出るなら見に行きたい……」

「よし、じゃあみんなで投票しよう！　このリンクから飛べるから！」

俺は机に頭を落とした。

◇◇◇

時間は少し巻き戻る。琳加との映画が終わり、妹への女装の誤解を解いたあの夜。

シオンの携帯に酒木監督から電話がかかってきたのだ。

「シオン君、映画出演の件。確かに俺が間違っていた、『次回作に出演して欲しい』なんて……。本当に申し訳ない」

「酒木監督……。分かってくだされればいいんですよ、こちらこそ舞台挨拶ではたくさんご迷惑をおかけしてしまってすみませんでした」

「あぁ、本当に俺は愚かだったよ……〝シオンちゃん〟は〝出演〟なんかで済ませていい女優じゃない」

「……はい？」

俺は意味が分からず、スマホを握ったまま笑顔で返事をする。

「私の次の映画の〝主演〟を務めてもらいたい！　一緒に主演女優賞を目指そう！」

俺は通話を切った。

その後、繰り返される電話の呼び出しを無視し続けて次の日。

家の扉を開くと、酒木監督がいた。

「やぁ、シオン君。どうやら電話がつながらないみたいだから、鈴木君を脅――教えてもらって家に直接来ちゃった♡」

「『来ちゃった♡』じゃないですよ！　なんで家に来てるんですか！」

「わわっ、頼む！　扉は閉めないでくれ！　話を聞いてくれ！」

「俺の話を聞いてくれない監督の話なんか、聞くはずないでしょう！」

「聞いてくれないと、大声で『シオン君！』って叫ぶぞ！」

「貴方、本当にいい歳した大人ですか!?」

俺は仕方がなく、監督を玄関まで入れた。

「家には上げませんからね」

俺はお茶も出さずに腕を組んで監督を睨む。家には世界一可愛い俺の妹もいるのだ。この監督の目に留まったら妹まで標的にされてしまう。

「シオン君、俺と賭けをしよう」

「賭け？」

「あぁ、〝次の映画の出演者候補〟ということで、他の役者さんたちと簡単なショートムービーを撮ってサイトにアップする。それで投票をしてもらって、一番人気のある役者さんに次の映画に出てもらうんだ」

「いや、撮りませんよ？　それはペルソニアの活動ではありません」

「頼む！　これでダメだったらもう諦めるからさ！」

「なんと言おうと、そんなことは――」

「あ～あ、あの時、舞台挨拶の締め、やりたかったな～」

「ぐぅ……俺の弱みにつけ込んで」

俺はため息を吐いた。

まぁ、周りはプロの方たちだし、万に一つも俺に勝ち目はないだろう。

「分かりました。その代わり、以前と同じような格好はしませんよ。別人に見えるようにカツラの色を変えて、化粧も濃くします」

「……け、化粧は勘弁――いや、分かった！　君ならそれでもいけるはずだ！　勝負だ、シオン君！」
◇◇◇
「この、女優さんがすごくて～」

「事務所も非公開なんだって～」

「可愛さとかっこよさを両方兼ね備えてるよね～」

「声を聞くとドキッとしちゃう～」

「何回も再生しちゃうね～」

いつの間にか、俺の周りはみんな〝謎の赤い髪の女優〟の話をしている。

もちろん、その子こそが俺である。

いや、大丈夫だ。

あくまでここで流行ってるだけさ。

世界は広い、他の所では他の役者さんが注目されているはずだ。

「おいおいおいおいおい！　君たちっ！　見たかよこの動画！」

「あっ、神之木君、死んで～」

「『おはよ～』みたいな感じで罵倒されたよっ！」

そして神之木がまた登校してきた生徒たちに特攻している。

あいつ、不死身かよ……。

第10話　謎の銀髪少女

「よし！　それじゃあ二人一組でペアを作ってくれ～！」

やめてください、死んでしまいます。

俺はジャージに身を包み、体育館で膝を抱えて震えていた。

この地獄のような言葉をなんの悪意もなく言い放ったのは体育教師の剛田《ごうだ》だ。

こいつにボッチの気持ちは一生分からないのだろう。

「2クラス合わせて、欠席は三名。人数は偶数になるはずだ～！　そのペアでバドミントンの試合をするからな～！　気合を入れてパートナーを選ぶんだぞ～！」

そう、今日は他クラスとの合同体育だ。

ガハハと男らしい声を上げて無邪気に笑う剛田。

こういう悪意のない刃は俺によく刺さる。

やがて、仲のいい奴ら同士がペアを作り始めた。

俺一人を残して。

「よし、パートナーが見つかっていない奴はもういないか？　いたら前に出てきてくれ！　そいつらで組もう！」

はい、最後に晒《さら》し者にするフルコースですね。今夜は眠れなくなりそうだ。

俺はめまいを起こしながら前に歩いて行った。すると、周囲がざわめき始める。

えっ、なに？　そんなにボッチが珍しいの？

と、思ったらどうやらこのざわめきは俺へのものではないらしい。自意識過剰でキモいですね。

ついに内なる自分までが俺を罵倒し始めたタイミングで俺はようやくうつむいていた顔を上げた。

目の前には小柄な銀髪の少女がいた。

中――いや、正直小学生にしか見えない。

「じゃあ、余り物の須田と椎名《しいな》でペアを組んでもらうぞ～。男女混合ペアだ、仲良くな～！ガハハハハ！」

また剛田が余計な一言を言った。

しかし、周囲はチャチャを入れるどころかざわざわとしているだけだ。

「あれ、椎名さん……俺が誘った時は『相手がいるから』って」

「お前も!?　お、俺も誘ったんだけどそう言われたぞ」

「俺もだ。相手、いなかったのか……？」

聞こえてきた声でざわめいていた理由が分かった。

こいつ、友だちがいないくせに見栄を張ったな。

結果、本当はパートナーがいない事を言い出せず最後まで残ってしまった……と。これだけ可愛いんだから、男子も女子も選び放題だっただろうに、哀れな。

俺は同情にも似た気持ちを感じつつ話しかけた。

「え、えっと……椎名さん。よろしくね」

俺はできるだけ空気をよくしようと気さくに挨拶をする。

一見クールビューティな彼女も俺がフレンドリーに接すればこの体育の時間くらいは乗り越えられるだろう。

俺の挨拶を聞いた椎名は、俺を見上げると怪訝な顔をし、口を開いた。

「――シオン、なにその気持ち悪い挨拶」

俺は急いで椎名の口を手で塞いだ。

周囲を見回して誰にも聞かれていない事を確認する。

こ、こいつ……。

「おいこら、未来の天才ドラマー。学校では俺を芸名で呼ぶなって言ったろ」

「ごめん、こうすればシオンが私の口を手で塞いでくれると思ってつい……」

「なんで変なプレイに目覚めてるんですかね……」

そう、こいつは〝関係者〟だ。

一見小学生にすら見える小柄な彼女。

わりと不思議ちゃんで、困ったちゃんな彼女こそが。

大人気仮面バンド、ペルソニアのドラム担当。

椎名結衣《しいなゆい》である。
◇◇◇
「よーし、じゃあまずはそれぞれで勝手に準備運動をしてラリーをしてくれ！　しばらくしたら試合をするぞ〜！」

剛田の大声が体育館に響く。

こいつ、空き地でリサイタルとか開いてないだろうな。

「準備運動だって」

「なんだ、その差し出した手は？　一緒にはやらないぞ、めちゃくちゃ目立つじゃねぇか」

「チッ……」

「舌打ちやめて……トラウマ思い出すから」

別々で準備運動を終えると、俺は二人分の道具を取りに行く。

俺はバドミントンのシャトルを左手に持ち、右手でラケットを構えた。

まずはラリーだ。

しかし、椎名はラケットを持ったまま棒立ちしている。

こいつはなにを考えているんだろうか。

俺は椎名に近づいた。

「どうしたの椎名さん、構えなくちゃ」

俺は椎名に〝須田凛月〟として話しかけた。

椎名は小声で「喋り方きしょ……」とか言った気がする。

死のうかな。

「無理……構えられない」

「なぜ?」

「昨日の夜(のバンド練習)、シオンが激しく(ドラム練習)させたから腰が痛くて……」

「お、おま――!」

俺はすぐに周囲を見回した。

大丈夫だ、近くに話を聞いていそうな奴はいない。

なぜか遠巻きにはめっちゃ見られてる気がするけど。

こいつはいつも言葉足らずすぎて危険だ。というか、シオン呼びは勘弁してください。

「し、椎名さん……俺は須田ですよ〜。名前だけでも覚えていってくださいね〜」

俺は若手芸人の挨拶のようなノリで椎名にアプローチをかけた。

「須田……結衣、うん、ゴロが悪い。椎名凛月のほうがいいと思わない？」

「今は名前を合体させるゲームじゃなくてバドミントンをやりませんか？」

「無理、マジで腕も上がらないから」

「マジか……」

「ドラムの腕は上がったけどね」

「くそっ、ちょっと上手いと思っちまった……」

謎の敗北感と共に俺は腕を組んで考える。

「この後、ダブルスの試合形式でやるんだよな？」

「みたいだね」

「どうする？」

「須田君が頑張る」

「椎名さんは？」

「もう昨日頑張った」

「昨日は俺も頑張ったんだけど？」

「頑張ったのはシオン、貴方は須田君なんでしょ？」

いやいやいや、シャトルじゃなくて言葉のラリーをしてどうするんだ俺。

しかも最後にポイント決められちゃったよ!?

ものすごいトリックプレーだったよ!?

「なぁ、どうにかラケットを振る事はできないのか？」

「須田君が私の大事なところを揉《も》んでくれたら……」

『私の腕を』だろ、お前の言い方はいちいち誤解を生みかねん」

「腕じゃなくてもいいけど？」

「俺の気を揉ませないでくれ」

「――よーし！　それじゃあ、時間もないから試合を回していくぞ～！」

剛田の声が体育館内に響く。

結局俺たちは一度もラリーをしないまま試合の時間になってしまった。

いや、どうすんだよこれ……。

「鬼太郎と椎名さん、なにかぼそぼそと話し合ってただけだったな」

「あの鬼太郎が椎名さんなんて高嶺の花と上手くいくわけないだろ」

「ラリーすらさせてもらえない鬼太郎……哀れだな」

「きっと揉めてたんじゃないか？　『一緒にやりたくないです』とか言われてたりして」

遠巻きに見ていた男子たちが笑いながら話す声が聞こえた。

俺は〝揉めて〟ないです、冤罪《えんざい》です。

「――よし、じゃあこの試合表の通りに試合を回していけ～」

剛田がほれぼれする大声で俺たちに指示を出す。

「よし、じゃあ俺が剛田に言ってくるよ」

「待って、シ――須田君。なにを言う気？」

「椎名さんが腕を怪我していて、試合できないみたいですって伝える」

「そんなことしたら、須田君に変な噂が立つ。怪我させた、とか」

「今に始まったことじゃないさ、別に構わん」

「私が構う、わがまま言わないで試合しよ？」

「なんで俺が説得されてるんですかね……お前の腕が酷くなったらどうする。俺も困るんだからな」

「じゃあ、私はコートを走り回って、バドミントンをしてるフリをする、須田君が基本的には球を打ち返して。そして負けないで」

「無茶苦茶言いなさる」

こいつのよく分からない指示に従うことにした。

〝せめてコートに立とう〟という心意気は買ってあげたい。

「よろしくお願いします」

「おっ、鬼太郎ペアじゃん！　よろしくね～」

いかにも運動ができそうなチャラいペアと当たってしまった。

椎名さん、これは一人じゃ無理です。

そんな視線を送るも、椎名は期待に満ちた眼差しを俺に向けてきた。

くそぅ、やってやる！

ガリ勉の意地を見せてやるぜ！

◇　◇　◇

「はぁ…はぁ…っぷね～」

「はぁ…はぁ…鬼太郎、こんなにバドミントン上手かったのかよ……」

俺はギリギリで負けてしまった。

というか椎名の奴、俺のことをボーッと見てるだけで全く動いてなかったぞ。やってるフリはどうした。

「はぁ…はぁ…すまん、負けちまったな」

「いい、こんなに近くで動いてるシオンを見て堪能できたから」

「俺は動物園の珍獣かな」

次の試合は……女性のペアか。よかった、今のよりかは楽だろう。

「ちょっと一旦トイレ行ってくる」

「私も一緒に行く」

「なんで女子は一緒にトイレに行きたがるんですかね。男子トイレまではついてくるなよ」

「じゃあいいや」

「どういう事だよ……」

不思議行動がここに極まった椎名を置いて、俺はトイレに行った。

「……ねぇ、椎名って超ムカつかない？」

「あのイケメンの早坂君《はやさか》がペアに誘っても断ってたんだよ？」

「しかも相手いなかったし、私たちに見せつけてるみたい」

「まぁ、その結果鬼太郎とのペアになったのはウケるけどw」

女子トイレのほうから陰口が聞こえてきた。

あいつ、来なくてよかったな。

まぁ、あいつの事だから全く気にしないんだろうけど。

「しかも、試合も全然やる気ないし」

「ちょっと可愛いからって調子乗んなよ、小学生が」

「身体に栄養足りてないいんじゃね？ｗ」

「キャハハ、まじウケる！ｗ」

馬鹿言うな、あいつは大食いだ。差し入れのケーキとか俺の食べかけですらちょっと席を外したすきにとられて無くなってるぞ。

まぁ、椎名以外のメンバーも犯人だったりするんだが……。

ハンカチで手を拭きながら、俺は椎名の待つ体育館へと戻った。
◇◇◇
「よし、全部のグループが終わったなぁ～！　次の試合始めるぞ～！」

剛田が謎のビブラートを効かせて大声を上げる。

ちゃんとしたボイストレーニングをすれば大成しそうだ。

オペラ歌手か演歌歌手あたりが――

「須田君、剛田先生を見る目が完全にアーティストになってる」

「あぁ、いい声量してるなーって思って」

「いいね、ウチのメンバーに加えよう。サブボーカルとか担当させるのはどう？」

「明らかにサブじゃないだろ。俺の声、聞こえなくなっちゃうよ……」

「そうなったら、シオンは引退して私のマネージャーにする。安心して、私が今以上に有名なドラマーになって須田君には何一つ不自由させないから」

「俺が歌を届けられない時点で不自由なんですがそれは」

二人だけだからこそできる会話をしつつ次のコートへ。

対戦相手の皆川《みながわ》・江南《えなみ》ペアがすでに待っていた。

「あはは、鬼太郎ペアだ、ウケるｗ」

聞き覚えのある声に俺は内心驚く。さっきトイレで椎名の事を馬鹿にしていたのは皆川だったのか。

「椎名さんも災難だね～、鬼太郎なんて妖怪とペアにされちゃって！ｗ」

「いやいや、二人お似合いなんじゃやな～い？ｗ」

皆川と江南は初手からこちらの精神を揺さぶってきた。さすが、〝精神攻撃は基本〟という言葉もあるくらいだ。

だが、俺の鋼の精神には全然、ぜ～んぜん、ちっとも効かなかった。

ただ今夜は上手く寝つける自信がない。

一方で意外にも椎名には効果てきめんだったようだ。

顔を真っ赤にして、怒りのあまりぶつぶつとなにかを呟きながら身体を震わせている。

俺なんかと〝お似合い〟なんて言われたんだから気持ちは分かる――分かっちゃうのかよ。

「お、お似合い……もはや夫婦……早く結婚しろ、子供は何人……」

いや、そこまでは言ってないだろ。なにこの子、被害妄想がすごい。

そのうち俺が椎名の近くにいるだけでセクハラ扱いされてしまうんじゃないだろうか。

「じゃあ、だりぃしさっさと始めちゃお」

そう言って、彼女たちはすぐに試合を開始させた。

先ほどの試合と変わらず、俺がシャトルを全部打ち返す。

そして、その様子を椎名は俺のすぐ側《そば》で見つめる。

確かに、棒立ちではなくなったけど、なんかめっちゃ近づいてくる。

そしてさすがに体力が限界になってきた。

俺は息も絶え絶えに椎名に話しかける。

「はぁ、はぁ、椎名……さん。あまり……近くにいられると……危ないよ」

「シオンの汗、荒い息、辛そうな表情、たまらない……」

「……ドSかよ」

どうやらサディスティックな理由から俺にべったりとくっついているらしい。

もしかして、ドラムが好きなのもそのせいで……？

棒で叩いたり、足でガンガン踏んだりできるから……？

「ちっ、あのチビ、鬼太郎から離れねぇな……」

コートの向こうではそんな呟きが聞こえた。

俺と椎名が近くにいて、なにか不都合でもあるのだろうか？

「分かった、確かに私もこれ以上近くにいると手が出ちゃいそうで危ない。お互い、少し距離を置こう。悲しいけど……」

「なんか言い方が意味深だが、俺のラケットが当たらないようにしてくれ」

そうして椎名が俺と少し離れたところで、試合は続行された。

「手が出そう」ってシャトルにだよね？

俺にさらなる苦難を与えたいわけじゃないよね？

椎名は変わらず俺を凝視している。

「鬼太郎の奴、椎名さんにめちゃくちゃ睨まれててウケるw」

外野からそんな声も聞こえた。

えっ、嘘、やっぱりこれ睨んでるの？

——そして、疲労困憊《こんぱい》の俺が、緩い球を打ち上げてしまった時だった。

皆川が、悪意に満ちた表情で笑った気がした。

ラケットを振りかぶり、スマッシュを打つ構えをみせる。

その時、俺は〝さっきの呟き〟を思い出した。

（——まさかっ⁉）

俺は全身にムチ打って、残る力で椎名の前に飛び出した。

思い過ごしだったらそれでいい、馬鹿な男が目の前で盛大に転ぶだけだ。

だが、万が一、万が一椎名が狙われていたら……！

俺の身体で椎名の小さな身体くらいは庇いきれるだろう。

——バシュン！

鋭く風を切る音と共に、剛速球のシャトルは飛び込んだ俺と椎名の方向へ。

こんなの、椎名は打ち返すどころか避ける事もできるはずがない。

そしてシャトルは、椎名を庇《かば》った俺の顔面に飛んできた。

——ドタァン！　カシャーンッ！

俺の身体が床に落ちる音と、遠くでなにかが落ちる音が聞こえる。

「シー――須田君……！　メガネが！」

椎名の言葉で分かった。そうか、シャトルにメガネが弾き飛ばされたのか。

「怪我はっ!?　それに、か、顔……須田君の顔を隠さなくちゃ……」

珍しく椎名の慌てる声が聞こえる。

大丈夫だ、これくらいで怪我なんかしない。

しかし、確かにまずいな。顔を見られる前にかけ直さないと、素顔がバレちまう。注目を集めちゃってるみたいだし、なんとか顔を隠してメガネを――

――ムニッ
顔を上げようとしたら、急に視界が真っ暗になった。

そして、とても柔らかい感触。

ほんの僅《わず》かな湿り気と、女の子特有のいい香りが……。

「須田君、安心して。顔は私が隠してるから」

「お前、もしかして……」

俺の顔はどうやら椎名の胸に収まっているらしい。

周囲なんか見なくても想像できる、俺たちは今、めちゃくちゃ目立っている。

「お、おい！　周り、みんな見てるだろ!?　どうにか誤魔化せ！」

俺は小声で椎名に指示をした。

「え、えっと……い、痛いの～、痛いの～、飛んでいけ～！」

椎名は周囲に向かって大声を出すと、俺の頭をさすった。

体育館内の静まりを椎名の腕の中で感じる。

なにこれ……地獄？

この凍《い》てつく空間に一石を投じてくれる男子生徒の声が聞こえてきた。

「……し、椎名さん。これ、鬼太郎のメガネ拾ってきたよ！」

「あ、ありがとう」

「あ、後、僕もさっき頭を打っちゃって」

「そう……気をつけて？」

「あっ、うん。そうだね……あはは」

椎名はメガネを回収すると、俺に装着するために俺の顔を胸から離そうとした。

「椎名、先に謝っておくぞ」

「……？」

椎名の体操着には俺の鼻血がべったりと付着していた。

いや、あんな事されたら健全な男子高校生はみんなこうですよ。もう一生口をきいてもらえなさそう……。ごめんなさい……スケベで……産まれてきてごめんなさい。

「すごい血っ!? 先生! 須田君を保健室に連れていきます!」

「なんだ? 鼻血か、貧血には気をつけろよ～」

「ごめんね～? わざとじゃないんだよ～?」

声の出しすぎで若干疲れ気味の剛田の許可を得た。剛田の課題は喉のスタミナか……。

あと、なんか性格が悪そうな女の声も聞こえた気がした。

「くそっ、鬼太郎の奴! 羨まし過ぎるだろっ!」

「マジで椎名さん……可愛い過ぎだろ……」

「『痛いの痛いの飛んでけ～』って……一生に一度でいいから俺もされたいっ!」

「椎名ママの胸元でオギャりたい……!」

意味不明な戯言《ざれごと》を抜かす男子生徒たちをよそに、俺は椎名と保健室へ向かった。
◇◇◇
保健室の扉を開くと、どうやら誰もいないようだった。

「保健室の先生はいないの!? このままじゃシオンが死んじゃう! きゅ、救急車を!」

「大丈夫だ、椎名! ただの鼻血だから!」

「ほ、本当に!? 死なない!?」

「死にたくなる事は多々あるが、別に死なないから大丈夫だ！」

完全に取り乱した椎名を、俺は落ち着かせる。

なんとか、俺の下心はバレずに済みそうだ。心配してくれてただけに罪悪感がすごいが……。

「そろそろ授業も終わっている頃だろ。治療は一人でできるから、お前も戻っていいぞ。体操服は弁償する、悪かったな……」

「嫌っ！　私もここにいる！」

「いいけど、血だらけの体操着は着替えてね……？　ちょっとしたホラーだから。替えは多分保健室のどっかにあるはず……」

「分かった、シオンはほら、ベッドに横になってて。保健室の先生が来るまで一緒に待ってよう？」

「椎名はもう戻っていいってば」

「嫌っ！　シオンは私を庇ってくれたんだもんっ！　完治するまで帰らない！」

「な、なんかキャラ違くない？」

頑《かたく》なに帰ろうとしない椎名は俺をベッドに寝かせると、自分はその横で椅子にちょこんと座った。

改めて見ると、こいつ本当に人形みたいに綺麗だな。

しばらくすると、なにやら廊下をドタドタと誰かが走って向かってくる音がしてきた。

急患だろうか、荒々しく扉が開かれる。

「リツキっ！　怪我をして運ばれたって聞いたぞ！　大丈夫かっ!?」

入って来たのは激しく息を切らした琳加だった。

まぁ、確かにあれだけいろいろあれば噂にもなっているかもしれない。

琳加は目に涙を浮かべて俺のもとに駆け寄ってきた。俺は半身を起こして無事をアピールする。

「大丈夫だ琳加、というか大げさだろ」

「よかった……、なんか血がいっぱい出てたとか聞いたから」

「ちょ、ちょっと血が余っててな。自発的に排出したんだ」

「なにそのリストカットみたいな行為!?」

俺は苦しい言い訳で下心による鼻血の件を隠す。

安心しきった琳加は俺を抱きしめた。

出ちゃうから！　また血が出ちゃうからっ！

俺と琳加のやり取りを椎名は死んだような瞳で見ていた。

主に琳加の〝胸元〟を……。

「す、すごく大きい……。それに『リツキ』って名前呼び……、しかも琳加様って根暗な私とは違って、学校中で有名で美人な……」

ぼそぼそとなにかを呟いたかと思うと、椎名は突然ポロポロと涙をこぼし始めた。

「ご、ごめんね……、私みたいなコミュ障の小さい胸を顔に押し付けちゃって！　迷惑だったよね……！　だって須田君にはこんなに立派な胸が――」

「うわぁー！　ちょっ、ちょっと待った！　なんか知らんが、誤解されるっ！　な、泣き止んでくれ！　謝るから！　ゴメン！」

俺は慌てて椎名に謝り倒した。

泣いてる理由はよく分からない。

でもなんかもう、謝るしかないと思った。

「……リツキ？　こんなに可愛い子を泣かせて、どういうこと？　胸がどうのこうのって聞こえたけど？　本当は血がいっぱい出るほどの怪我なんかしてなくて、この子を保健室に連れ込むのが目的だったんじゃない？　そしてこのベッドで――」

背後から聞こえる琳加の不自然な程に優しい声の問いかけに、身体を震わせる。

琳加は自分のことは無防備なくせに人のことになると敏感なようだ。間違った推測をしてしまうほどに。

完全に俺がなにかをして椎名を泣かせたことになっている。

俺が怒られそうになっているのを感じたのか、椎名はフォローを試みてくれた。彼女なら説明してくれるだろう。『本当に血がいっぱい出た』こと、『なんで椎名がここにいるか』ってことを。

「ち、違う！　私、（介抱なんてするの）初めてだったから……（慌てて胸に顔を押し付けたら）血がいっぱい出ちゃって……。私、（シオンを一人で残して戻るのは）嫌だったから……」

「………」

椎名が最悪のタイミングで〝言葉足らず〟を発動させた。

これ、ヤバい誤解をされてないですか……？

俺はもう怖くて、琳加のほうへと振り向くことができなかった……。
◇◇◇
「よしよし、椎名ちゃん……もう怖くないからね」

「り、り、りり琳加様……私に触れると根暗が、コミュ障が感染《うつ》っちゃいますよよよ……」

「あの、俺の誤解はもう解けたんですよね……？」

保健室では椎名は琳加に抱き寄せられていた。

カースト最上位の琳加を前に、椎名は気が動転して目を回している。

なんとか誤解は解けて、俺は無罪となった。

あと椎名よ、騙《だま》されるな。

「うへへ……椎名ちゃん小さい、可愛い……持って帰りたい……」

今、お前を抱いてる琳加は下心丸出しの表情だぞ、お前は頭が真っ白で琳加の声も聞こえていないだろうが。

だが椎名も緊張しつつも嬉しそうな状態なので、口には出さないでおくか。

「じゃあ、リツキは心配ないんだな。そのスマッシュを撃った子は様子すら見に来ず……か」

「まぁ、教室に戻ったらさすがに一言くらいあるだろう。……あるよね？」

「大丈夫、私があいつらを土下座させる。須田君、女の子に土下座させるの好きだもんね。だから琳加様、須田君には興味を持たないほうが――」

「おい、俺のイメージを最悪な男にしようとするな」

椎名がなぜか俺の情報操作を試み始めた。やっぱり嫌われてるんですかねぇ。

「リツキ、そんなに最低な男だったのか。土下座なら私がしてやるから、他の女の子には強制しちゃダメだぞ……？」

「信じちゃったよ！　俺ってそんな男に見えるのかなぁ!?」

性格的には対象的な二人だが、俺をいじる息はピッタリだった。

琳加は内面はすごく善い人だし、頼りになるし、是非とも椎名を任せたい。というか、椎名《そいつ》、友だちいないので友だちになってあげてください。

妹を持つ者の定めか、そんな親心が芽生え始める。

「でも、どちらかというと椎名ちゃんに土下座したいし、踏まれたいなぁ～」

「えっ、な、なんでですか……？」

「椎名聞くな、琳加と友だちのままでいたいならな。マッサージの話だと思っておけ」

やっぱりダメだ、ウチの娘はやれん。

琳加は可愛い子なら見境なしか。

いやでも、椎名はドSみたいだし……気が合っちゃったりして……。

学校と私生活では二人のカーストが逆転するのか……。

なにそれ本で読みたい、書籍化はよ！

内なる歪《ゆが》んだ百合《ゆり》への欲求を抑えつつ、俺は鼻血も止まったので二人と別れて教室へと戻る事にした。

◇◇◇

「あっ、鬼太郎さっきはごめんね～！　手元が狂っちゃってさ～！」

「いや、あんなの効かねぇわ。妖怪舐めんなよ？」

「ぷっ、なによそれ！　あはは、あんた喋《しゃべ》ると面白いじゃない！」

皆川に気持ち悪い返しをして俺は席へと戻る。

椅子に座ると、俺の机の中から見知らぬ1冊のノートがはみ出ていた。

少しだけ嫌な予感を感じつつ、俺はページを開く。

〈へい、兄弟！　椎名さんの胸の感触、どうだったかあとで俺に教えてくれよ！〉

〈親愛なる友、神之木より〉

俺が神之木のほうへ視線を向けると、あいつはこちらを見て満面の笑みで親指を突き立ててきた。

まったく、仕方がない……。

決して〝友だち〟とか言われて嬉しいからではないが、少しくらい喜びをシェアしてもいいだろう。

「鬼太郎、さすがにアレはやりすぎだったと思う。私がミナを叱っておくから――ってなに？　そのノート？」

先ほどのバドミントンで皆川とペアを組んでいた江南《えなみ》さんが不意に後ろから話しかけてきた。

そして、最高に気持ちが悪い内容が書かれたノートを見られてしまう。

（……神之木、すまん）

神之木は親指を立てて笑顔のまま、みるみる顔が青ざめていった。

神之木……強く、生きろ……！

江南さんは黙っていてくれたが、神之木はその後、江南さんにゴミを見るような目で見られていた。

「――んで、須田！　どうだったんだ!?」

「おい、神之木。江南さんがまだお前の事睨んでるぞ……もう少し時間を空けてから――」

「馬鹿野郎！　時間が経つほどに経験というものは風化されちまうんだ！　鮮度が大事なんだよ！　鮮度が！」

さすがのメンタルお化けだった。

あと、こいつは俺の事を鬼太郎とは呼ばないのが地味に嬉しかった。

第11話　うちのクラスにはアイドルがいる

「あっ、朝宮《あさみや》ちゃん！　おはよう、昨日の番組見たよ！」

「ついに地上波デビューだね！」

「朝宮ちゃん、アイドルとしてどんどん人気になっていくね！」

「応援してるから、頑張って！」

周囲の声援を受けながら、朝宮栞《しおり》は満面の笑顔を見せた。

「みんな、ありがとう！　ちょびっとだけど、みんなのおかげでついにテレビにも出演できたよ！　これからも頑張るからね〜！」

今、人気上昇中のアイドルユニット、〝シンクロにシティ〟のセンターを務める朝宮はついに念願のテレビ出演が叶《かな》った。

お祝いの言葉をかけるために校門の前には5人ほどの同級生が集まってくれていた。

そんな状況に朝宮の期待は膨らむ。

（も、もしかしたら、教室は自分の話題で持ちきりかも……！）

そんな期待を密かに胸に抱きつつ、朝宮は自分のクラスである2年B組の扉を開いた。

◇◇◇

「みんな～！　おはよ――」

「ちょっとぉぉおお！　朝のニュース見た⁉　シオンが〝世界に最も影響力のある100人〟に選ばれたんだって！」

「見たに決まってるわ！　日本人の音楽アーティストが選ばれるのは初めてなんでしょ⁉」

「すごいよ、どんどん歴史を作っていく……シオンは日本人の誇りだよ」

クラスメートたちが熱狂している。

朝の一段とざわざわした空気を感じながら俺は机で一人、冷や汗を流していた。

（いや、違うだろぉぉ！　朝宮さんが昨日テレビに出たんだってば！　シオンなんかより早く朝宮さんにお祝いの言葉をかけに行ってぇぇ⁉　教室の入り口でポツンとしちゃってるからぁ～！）

そう、この白星高校にはなんとアイドルがいるのだ！

俺も密かに応援しているアイドルグループ、シンクロにシティのセンターを務める朝宮さん！

その朝宮さんが、元気よく教室で挨拶をしたのに誰も気がつかずに俺（シオン）の話をしてしまっている……。

「あはは……みんな、おはよう……」

返ってこない挨拶に朝宮さんの元気は陰《かげ》ってしまった。

それでも笑顔は崩さない、アイドルの鑑《かがみ》だ。

くそっ、ここは唯一気がついてる俺が行くしかない……！

この状況は俺の責任でもあるんだ！

頑張れ、俺ぇぇえ！　コミュ障という殻を打ち破り、朝宮さんに爽やかなお祝いの言葉を贈るんだぁぁあ！

俺は颯爽と立ち上がると、入り口にいる朝宮さんのもとへ向かった。

そして1．5メートル先くらいから頑張って声をかける。

アイドルなんて眩しすぎてこれ以上は近づけない。

「あ、ああ、朝みみみ」

「あっ、す——須藤《すどう》君だっけ？　おはよう！」

朝宮さんは俺みたいな陰キャにも笑顔で挨拶を返してくれた。

俺の名字は〝須田〟だけど、そんなのどうでもいいくらい素敵な笑顔だ。

声かけは完璧にクリアしたので続けて華麗にお祝いの言葉を贈る。

「て、てテレビ、おお、おめでで——」

「見てくれたの⁉　ありがとう！　嬉しいな！」

そう言って、朝宮さんは俺に接近して手を差し出した。

え、え、いぃのですか⁉　拙者如《ごと》きがアイドルの朝宮さんと握手なんてしてしまっても⁉

「ちょ、ちょっと待って、握手券を……」

俺は自分の財布を出そうとする。確か、ＣＤを買った時に入ってたのをお守りとして財布に入れてた気が——

「そんなの要らないよ！　須藤君は一番最初に私にお祝いを言いに来てくれたんだもん！　って、なんだか上から目線だね……私が握手したいんだけどいいかな……？」

そう言って朝宮さんは俺に上目遣いで様子を伺ってきた。

天使かな？

「——あっ、鬼太郎が朝宮さんに触ろうとしてる！」

「朝宮さん、こんな奴に触るのなんてやめたほうがいいよ！」

俺とのやりとりで今更朝宮さんの存在に気がついた男どもは声を上げた。

朝宮さんは少し怒ったように頬を膨らませて近づくと、俺の手を両手で握る。

あばば、ヤバい、手汗とか大丈夫かな……。

「ねぇ、須藤君は今のを聞いて楽しくないよね⁉　君たち！　みんなが楽しくないことはしちゃダメ！　分かった!?」

「――あ、朝宮さんがそう言うなら……」

「ふん、鬼太郎よかったな。一生の思い出ができて」

「あいつ、もう一生手を洗わないんじゃね？」

俺を馬鹿にすると笑いながらクラスの男子たちは散らばっていった。

いや、手は洗います、妹のためにも衛生管理には気をつけなくては。

「全く……」

と呟いて朝宮さんは俺とつないだ手に視線を落とす。

「あっ、ごめん！　勝手に手を握っちゃったね！」

「べ、べべ、別に――」

キーンコーン……！

俺が喋ろうとしたらチャイムが鳴った。

よく、話をしようとしたらヘリコプターや電車が通る、タイミングが悪い人いるよね。

はい、俺です。

「あっ、席に着かないと！　じゃあ須藤君またね！」

「ま、また！」

いっぱい喋ってしまったでござる。

しおりん、マジで最高。

妹の次くらいに好き。

名字、急いで須田から須藤に変えておきますね。

そんな気持ち悪いことを考えて、俺も席に戻る。

すると、前のほうの席からヒソヒソと話し声が聞こえた。

「ペルソニア、握手会とかやってくれないかな～。私、いくら払ってでも絶対に行くのに」

「デビュー当時、鈴木マネージャー発案で握手会をやってみた事があるらしいよ。でも――」

「うん、シオンと引き剥がされる時に泣き出すファンや、失神するファンが出て中止になったんだよね……」

「握手券の奪い合いで暴動も起こっちゃったみたいで、シオンの仮面を外そうとした人もいたみたい」

「……納得。シオンってデビュー時から人気がすごかったのね」

おい、そこの女生徒たちよ。

俺の黒歴史の話をしないでくれ。
◇◇◇

「…………」

学校終わり、自宅に一番近い本屋。

シャッターの閉まった『蓮見書店《はすみ》』の前で俺は立ち尽くしていた。

そして、張り紙を見る。

〈のっぴきならない事情により、本日休業いたします〉

ふむ、まぁこんな事もあるか……。仕方がない、今日は本屋に立ち寄らずに帰ろう。

というか〝のっぴきならない〟なんて言葉、今日び聞かねぇな。

そう思って振り返ると、長い前髪で顔を半分隠した少女が真後ろにいた。

「おわぁっ!?」

俺は思わず声を上げて飛び退《の》く。あ、悪霊退散っ！　どーまんせーまんっ！

しかし、その少女が幽霊などではないことを確認すると、ため息を吐いた。

「なんだ蓮見か……驚かせないでくれ」

「ご、ごめん。クセになってるんだ、音殺して歩くの」

「どこぞの殺し屋一家かな？」

髪の間から綺麗な瞳をのぞかせながら彼女は俺に謝った。

蓮見恋夏《はすみれんか》、この蓮見書店の娘で俺のクラスメートである。

女の子と話すのは苦手だが、彼女は別だ。なぜなら俺と同じ陰キャ系の念能力者だから。

イケてない者同士、そして本（主に漫画）好き同士でリラックスして話すことができる。

主にオタクトークを。

バトミントンの時もこいつが休んでさえいなければ俺は蓮見とペアを組んで、あんな悲惨な事件は起こらずにすんだのに……。

まぁ陰で一緒に馬鹿にされていたのは変わらないだろうが。

「で？　今日はなんで休みなんだ？」

「じ、実は……お父さんの体調が悪くて……」

「えっ!?　あの親父さんがっ!?　一体なにが!?」

俺の問いかけに蓮見は表情を暗くした。

――そして、軽く唇を噛みしめると震える声で呟く。

「二日酔いなの……」

「――ただの酔っぱらいかよ！」

蓮見の思わせぶりな態度から、ものすごくどうでもいい理由に俺はツッコミを入れた。

陰キャってこういう回りくどいボケが好きだからすごく親近感が湧く。

俺の反応に満足そうな表情を見せると、蓮見は口を開いた。

「――ねぇ今朝、須田君は朝宮さんに声をかけに行ってたよね？」

珍しい、蓮見から漫画の内容以外の会話が振られるなんて。今朝の出来事がよほど印象的だったのだろうか。

「あぁ、見てたのか。ごめんな、キモくて」

俺が店の前のベンチに腰かけると、蓮見もその隣にちょこんと座った。

「ううん、私も朝宮さんが誰にも気が付かれずに一人でポツンとしちゃってたから声をかけてあげたかったの。でも、私コミュ障だから動けなくて……だから、須田君が声をかけてあげてるのを見てホッとしたんだ」

蓮見は今朝のシオン熱に浮かされずにちゃんと周りが見えていたらしい。さすがはボッチだ。

というか、彼女はシオンになんか興味ないのだろう。自惚《うぬぼ》れるな、俺よ。

「まぁ俺はアイドルとお話をさせていただきたいっていう下心が動機だけどな」

「そっか、私は下心が足りなかったんだね。結構持ってるつもりだったんだけど……須田君には負けるなぁ」

「ものすごく嬉しくない勝利を収めてしまった……」

俺の落ち込んだ様子を見て、蓮見は笑顔を見せた。

彼女も俺と同じようにいつも髪で顔を隠してしまっているが、この笑顔なんて見たら誰でも恋に落ちてしまいそうだ。

蓮見自身は毎日本ばかり読んでいて、恋愛になんて興味がないようだが。

「改めて思ったんだけど、須田君ってすごく気を使える人だよね。私、須田君のそういうところがす、す、――素晴らしいと思うんだ！」

蓮見は視線を斜め上へと逸らすと、なにやら焦ったように頬を赤く染めた。

「蓮見、お前――」

「どう？　〝好き〟って言いそうになって誤魔化してる感じ出てた？」

「やってる事がマジで陰キャのじゃれつき方だよな。俺はす、――素晴らしいと思うが」

「ガーン！」

俺の指摘を受けて蓮見はあからさまにショックを受けたような表情を見せた。

残念ながらそんなベタベタな手段には引っかからない。

内心めっちゃときめいたけど。

「そ、そんな……でも須田君が好きって言うならいいか」

「おい、好きとは言ってないぞ。というか、蓮見がその長い前髪を切れば俺なんかじゃなくてもっとマシな人たちに好いてもらえると思うんですけど」

「あはは、そんなの私の表面しか見てない人たちだよ。本当の私を知ったらどうせ嫌われる」

蓮見は悟りを開いたような表情でため息を吐く。

彼女が友だちも作らず、顔も隠して世間と深く関わろうとしない理由は〝これ〟だ。

ノリが完全に陰キャオタク特有のモノなのだ。ベタベタな漫画の表現なども日常生活に持ち込んでしまう。

なまじ顔がいいので陽キャが集まって来てしまい、きっとさっきみたいなノリで何度も空気を冷やしてきたのだろう。

琳加とは逆のパターンだ。

仮面を被らずに素顔の自分で接するから人を引かせてしまう。

俺と同じように心にいくらかの傷を負っていることは間違いない。

例えば、あれは俺が高校に入学した直後。

俺も蓮見と同じように分かりにくいジョークで周囲を笑わせようとしたことがあった。

周囲は静まり返り、いたたまれない空気が流れる。

そして、性格のいい陽キャの金本《かなもと》さんがポツリと呟いた。

「あ、あはは……須田君って……なんか不思議な人……だね」

ものすごく気を使われたあの周囲の愛想笑いは、不意に深夜に思い出しては俺を呼吸困難に陥らせてくる。

なんなら今も思い出してちょっと吐きそうだ。

だから、蓮見も俺と同じ穴のムジナというわけだ。

そんな目の前の可愛いムジナは突然俺の目を見つめてきた。

「――でも、須田君は本当に特別な存在だよ。ラノベや漫画オタクな私の素顔を知っても引かないし」

「まぁ、さすがの蓮見でも俺のキモさを超えるのは難しいだろうな」

「あはは、またそんなこと言う。でも、そんな須田君のおかげで私は救われてるんだ。学校生活はつまらないけど、こうして書店に通ってくれるのは嬉しいの――いつもありがとう」

そう言って、蓮見が急に俺をおだてると頭を下げてお礼をしてきた。

あまりのことに調子が狂ってしまう。

――こんな蓮見との出会いは、俺がこのお店で本を探していた時だった。

◇◇◇

俺は同級生である蓮見のお店だとは知らずに漫画コーナーを見ていた。

俺の存在感が無さすぎたせいだろう。

見られている事に気がつかず、ちょうど目の前で中学生の男の子が漫画を棚から引き抜いて自分のカバンに入れる瞬間を目撃してしまった。

俺はとっさに男子中学生の手を摑む。

「――恐ろしく速い窃盗、俺じゃなきゃ見逃しちゃうね」

突然の出来事に慌てすぎた俺は思わず漫画のフレーズを口走ってしまった。

「は、離せよ！　ぶっ殺すぞ！」

抵抗をみせた中学生に俺はさらに心の中でパニックになった。

しかし、なんとか笑顔を崩さずに彼を注意する言葉を探す。

人に殺すとか言っちゃダメよ、それを言っていいのは殺される覚悟がある人だけだって誰かも言ってたし。

俺は年上の高校生として目を合わせてちゃんと注意するために髪をかき上げると、メガネも外して向き合った。

「――あまり強い言葉を使うなよ。弱く見えるぞ？」

「ひぃ!?」

また漫画の言葉に頼った俺だったが、謎の凄味《すごみ》があったようだ。

その中学生はすぐに泣きそうな表情で謝ってきた。初犯だったのかもしれない。

店長――つまり蓮見の親父さんが店の裏で叱りつけて、その子は反省して帰って行った。

親父さんはなんだか酒臭かったような気もするが……。

　そんな一連の俺の行動を本棚の影から見ていた蓮見が学校でお礼を言いに来て、仲よくなったのだ。

　終始、漫画のセリフを使っていたことでオタクであることもバレてしまった。いや、あんな急な状況だと自分の言葉なんて出てこないから……。

　ちなみに蓮見がお礼を言うために机に入れた手紙で校舎裏に呼び出された俺が、放課後まで気持ち悪い妄想をしていたことは語るまでもない。

◇◇◇

　突然の俺へのお礼を終え、頭を上げた蓮見がふと眉をひそめた。

「ところで須田君。今日入荷した本を運ばなくちゃいけないんだけど、重そうで――」

「――そうか、頑張って二日酔いのおじさんを起こすんだな」

　嫌な予感がした俺はそう言って立ち上がり、踵《きびす》を返す。

　しかし、蓮見は満面の笑みで俺の肩を掴んだ。

「知らなかったのか？　大魔王からは逃げられない。それに、須田君ってすごく気を使える人だもんね？　ドルオタだもんね？」

「急に俺をおだてはじめたのはこれが目的か……。あぁ、分かったよ！　どうせ本屋で時間を潰すつもりだったしな。あと、ドルオタは関係ないぞ」

メラゾーマ級のメラを背後から撃たれてしまわないように、俺は蓮見の提案を了承した。

もともと手伝うつもりだったが、やり方が卑劣だ。

「ありがとう！　お店は特別に開けてあげるよ、旦那の好きなえっちな本もありますぜ？」

肘で俺をつつきながら、「げへへ……」とゲスな笑い声を上げる蓮見。くそ、教室では根暗なくせに俺相手だと調子に乗りやがって。

やられっぱなしも癪《しゃく》なので俺はやり返してやった。

「残念だったな！　お前の店にそんな物が無いことは確認済みだ！」

俺は腕を組んで得意げになった。きっと自分の虚言を見破られて狼狽《うろた》えているだろう。

そう思って蓮見を確認すると彼女の顔がみるみる赤くなっていった。

「か、確認してたんだ……」

「――あっ」

とんでもない速度で墓穴を掘ってしまったことに気がつく。

確かに、さりげなーく探してしまったことが……あります。

最初は同級生のお店だなんて知らなかったから……。

「ひ、必要なら入荷するから！　私に言ってね！」

「手伝うので絶対に黙っててください」

俺は深々と頭を下げた。まさか蓮見相手にすら黒歴史を作ることになるとは……。

「だ、大丈夫だよ！　私、須田君以外に言いふらすような友だちいないし！　須田君と一緒で！」

「悲しい信頼感だな……」

そうして俺は蓮見の手伝いを始める。

ちなみに、入荷した本を入れた箱はとても軽かった。俺が手伝う必要ないのでは？

「――蓮見は学校の奴らとは違ってシオンにはあまり興味がないのか？」

軽い箱を運びながら、俺は蓮見に気になっていたことを聞いた。

『実は大嫌いなんだ〜』とか言われたら今運んでいるこの箱を自分の足に落とす自信がある。

「いや、そんなことないよ？　私の大好きな漫画、『新月の刃』のアニメＯＰを歌ってくれた時なんか感動しちゃったし」

「――っあ！　あぁ！　アレな！　アレは最高だった！」

俺はダラダラと冷や汗を流す。

やぶ蛇だった。

それはシオンとして少しだけ後悔している案件だったのだ。

◇　◇　◇

ある日、俺は蓮見に『新月の刃』という漫画を勧められた。

少し人を選ぶ内容ではあるものの、主人公である兄が妹を想う気持ちなどにとても共感し、俺はファンになった。

作者さんに応援のファンレターを送る際、アーティストとしてシオンの名前のほうが喜ぶだろうと事務所経由で出版社へ。

後日、とんでもなく狼狽《ろうばい》した様子の作者、堀内《ほりうち》先生御本人から事務所に感謝の電話が来た。

だがしかし、話を聞くとどうやら人気はあまり無いようで、あと1ヶ月ほどで打ち切りが決まってしまっているらしい。

堀内先生は話を続けた。

「シ、シオンさんなんて大スターに楽しんでいただけたなんて……本当に、最後に最高の思い出ができてよかったです！　娘たちもシオンさんの大ファンでして——」

堀内先生は涙ながらに俺にそう言った。

俺は少し戸惑いつつ、創作への労いや感謝の言葉を伝える。

そして、気になる事を聞いた。

「——打ち切りは残念ですね……次回作の構想はもうされているんですか？」

「それが……」

俺の質問に堀内先生の声は暗くなった。

そして、家庭の事情を俺に話してくれた。

「実は娘は小学生と高校生の二人いまして……これ以上自分の夢を追いかけ続けるのも難しいんです。娘たちも妻も健気に応援してくれるのですが、娘たちの将来のことも考えると漫画家を辞めて家族を支えるために定職に就こうと考えておりまして……」

堀内先生の話を聞きながら、俺はカバンの中から持っていた『新月の刃』をとり出し、ページをめくっていった。

何度読んでも素晴らしい。

キャラクターが、物語が、一ページ一ページとても丁寧に描かれている。

「……そうですか、それは本当に……残念ですね」

「いえいえ、こんな話をお聞かせしてしまい申し訳ございません。自分の夢は叶え切ることはできませんでしたが、娘たちの夢は叶えてやりたいので家族のために第2の人生で私は頑張ります！」

堀内先生は明るく振る舞うようにして電話口で笑っていた。

同じように追いかけてきた夢がある俺には分かる。

いや、俺みたいな若造じゃ分かり切れないほどに堀内先生は夢に向かって頑張っていたはずだ。じゃないと、こんなに面白い漫画は描けない……。

同じ物を作る人間《クリエイター》として、俺の中に熱いなにかがこみ上げてきた。

「堀内先生……打ち切りになる話はまだご家族には話していませんか？」

「は、はい……実はなかなか言い出せず――」

そして俺は、無責任にこんな事を口走ってしまった。

「先生、まだ諦めないでください！　主人公はピンチになってから大逆転するものです。夢を叶えたカッコ良い父親の姿をご家族に見せてやりましょう！」

そう言って電話を切った、翌日。

俺はつい、シオンの公式Ｔｗｉｔｔａｒアカウントで『新月の刃』をオススメしてしまったのだ。

内容は送ったファンレターと同じ、『ここが面白い』『ここが好き』など本当に他愛のない内容だ。

焼け石に水かもしれない。

だけど、少しだけでも知ってくれる人が増えればと思った。

――その結果、ネットニュースになった。

全国の書店から『新月の刃』の単行本が消え、連載している週刊誌の人気１位を獲得してしまった。

当然、打ち切りの話は無くなり、今度はアニメ化が決まった。

責任を取る意味でも、俺が依頼を受けてアニメのＯＰを歌うと人気はさらに加速。

今や国民的漫画の一つになろうとしている……。

◇◇◇

『新月の刃』が大人気になったことについては、俺は堀内先生の実力だと確信している。

だが、一部では『シオンの知名度で成り上がった漫画』だなんて揶揄《やゆ》もされてしまっている。

そういう――作品が正当に評価されない理由を生み出してしまったのは俺のせいだ。

そんな事情を知らない蓮見は俺の目の前で得意げに笑ってみせた。

「あの作品、打ち切りの噂もあったんだけどすごく人気になっちゃったよね。私が送ったファンレターのおかげだね！　ＳＮＳでもいっぱい宣伝したし！　私の大好きな作品が無くならなくて本当によかったよ！」

「あ……あぁ、きっとそうだな！　そうに決まってる！　うん！」

俺は何度も頷いた。

この件について、堀内先生は俺に何度も何度も感謝してくださっているが、『余計な手出しをしてしまったのでは』という気持ちが拭いきれない。

きっと俺なんかが手を貸さなくても、こうして目の前にもいる応援してくれる素敵な読者さんたちが支えて人気になっていたことだろう。

そう考えながら、俺が箱を全て運び終えたところで、蓮見がなにかを発見した。

「およ？　郵便受けにもなにか入ってる……なんだろう？」

蓮見はそう言って小包を取り出した。

俺はその小包に書かれた送り主を見て中身が分かった。

この前お会いした際に、完全に私情でお願いしてしまったことだ。

『先生、俺の近くに貴方の熱心なファンがいます』……と。

(堀内先生……お忙しいのに、俺のわがままを聞いてくださりありがとうございます)

蓮見が送り主の名前を確認して、驚愕の声を上げた後。

興奮しながら開いた箱の中には――

堀内先生から、蓮見のファンレターと応援に対する感謝の手紙と。

蓮見書店と蓮見本人へのイラストサイン色紙が入っていた。
◇◇◇
蓮見の手伝いはしたものの、本は見ていかなかったので予定時間よりも早く自宅の前に着いた。わざわざ店を開けてもらうのも悪いしな。

それに、あれだけ目を輝かせていた蓮見は、堀内先生のサインや手紙を何度も読み返したり見返したりする一人の時間がすぐにでも欲しいはずだと思う。

それにしても堀内先生の小包、切手が無かったな……。

もしかして、直接郵便受けにいれたのだろうか。

今や大金持ちのはずだし、ひょっとしてこの近くに家を買って引っ越してきたのかも――いや、さすがにないか。

そんなことを考えつつ俺は自宅の玄関の扉を開けた。

「ただいま～」

――ドタドタドタ！

俺が帰宅の声を上げた直後に2階から物音が聞こえた。

いつもぶっきらぼうに迎えてくれる妹は来ない。ついに愛想を尽かされた……わけではない。

いや、本当に。

このパターンの時は大体あかねは2階にある俺の部屋で漫画に夢中になっているだけなのだ。

まぁ、優先度を考えたら当然、〝漫画＞俺の出迎え〟だよね。

悲しみを堪えつつ、俺は〝カバンを置くため〟という正当な口実のもと、愛する妹に会うために階段を上がり自分の部屋の扉を開けた。

「お～い、あかね、お兄ちゃんだぞ～」

「――お、おお、お兄ちゃんお帰り！　は、早かったじゃない!?」

案の定、あかねは俺の部屋のベッドの上に寝っ転がって漫画を読んでいた。

「あぁ、『今日は本屋に寄るから遅く帰る』って話してたか……運悪く閉まってたんだ」

「そ、そっか！　突然帰ってきたからびっくりしちゃった！　あはは！」

そして、このパターンの時は大体いつも息を切らしてなにやら慌てている。

急な帰宅くらいでこんなに取り乱されるの？

俺の存在ってそんなに心臓に悪いの？

というか、なんか俺の布団ぐちゃぐちゃなんですけど……。

「あかね。俺の布団を使うのはいいけど、汚すなよ～？」

そのうち寝っ転がってポテチとか食べ始める可能性もあるので俺は軽い気持ちで釘《くぎ》を刺しておく。

これは俺自身のためでもある。実際に俺のベッドにお菓子の食べカスを落とすようになっても、愛する妹の所業なら許してしまいそうだからだ。

しかし、教育上よくないからやっぱり心を鬼にしてでも言っておかないと……。

「――えっ!?　う、嘘、私……お兄ちゃんの布団、汚しちゃってた……？　ぜ、全部、バレて

――」

俺の言葉を聞いて、あかねは顔を真っ青にしてしまった。

俺は内心で「やってしまった」と頭を抱える。

あかねはこう見えて、ものすごく責任感が強い。

俺への口は悪いが、普段は品行方正で頭もよく、中学の頃から次期生徒会長に何度も推薦されるほどの自慢の妹だ。

俺は慌ててそんなあかねの誤解を解く。

「い、いや！　安心しろ、汚してないぞ！　もし俺の布団の上でお菓子とかカップ麺とか食べるなら気をつけて欲しいな～ってだけで――！」

「えっ、あ、あぁ！　お菓子ね！　か、カップ麺なんて食べるわけないでしょ！」

あかねは少し怒ったように声を荒げる。

そして、自分の胸元に手を添えるとなにやら大きくため息を吐いた。

――またやってしまった。

俺が馬鹿なことを言ったせいで呆れられてしまったのは明白だった。

ここで俺は兄の威厳を見せつけなくてはなるまい。

俺は右腕を掲げると、あかねに渾身《こんしん》のドヤ顔を見せつけた。

「聞け、妹よ！　……俺、今日朝宮さんこと――〝しおりん〟と握手した！」

「……ふ～ん」

しかし、俺の自慢は空振りをしてしまったようだ。

いやいやいや、そんなはずはない。本当は羨ましいくせに強がっているだけだろう。

俺はもう一度言って聞かせる。

「あのシンクロにシティのセンターを務めるしおりんだぞ！　すごくないか!?　本物のアイドルだ！」

「――いや、いつも武道館や東京ドームを超満員にしてる人が言っても……。すごいとは思うけど、薄まっちゃうというか……」

どうしてもすごさを認めようとしない強情な妹。

そんなムキになるところも可愛いが、俺はなにかに負けたくなかったので頑張って自慢を続けた。

「しおりんの手ってすごく柔らかくてな、なんかフワッていい香りがしてな、やっぱりアイドルって俺みたいな陰キャにも元気をくれるんだなって～～」

俺の気持ち悪い自慢話を聞き続けてついにあかねは不機嫌になり始めた。

そりゃそうだろう、あかねもしおりんのことは大好きなはずだ。

というか、昔から俺が好きなものはあかねも対抗意識を燃やしてか真似をするように好きになる。俺がランニングを始めたら大の運動嫌いなあかねも俺と毎日一緒に走り始めたほどだ。そのおかげであかねは文武両道で本当に完璧な存在になってしまった。

「ふ〜ん、そんなにしおりんと手をつなげたことが嬉しいんだ？」

俺のうざったいほどの自慢話に対して、あかねは明らかに声を大きくして苛立《いらだ》ちを表明してくる。

そんなあかねの様子が面白くて、俺はつい追撃してしまう。

「あぁ、どうだ、羨ましいだろう？　今までは忙しくて握手券を持っててもイベントには行けなかったが、なんとしおりんは握手券も受け取らずに――」

「――えいっ！」

あかねは不意に俺の右手を両手で握って得意げな顔をした。

「これでもう、しおりんとの握手は私の手に上書きされちゃったね〜。お兄ちゃん、残念でした！」

あかねはケラケラとあざ笑った。

――しかし、残念ながらそれは効かない。

「ふっ、甘いな、あかねよ！　俺はしおりんと握手するよりもお前と握手できるほうが嬉しいわ！　だからお前は俺をガッカリさせるどころか逆に喜ばせてしまったんだよ！」

「……は、はぁぁぁ～!!?」

俺のドン引きシスコン発言にあかねは怒りで顔を真っ赤にした。

こうなることは分かっていたが、自分の心に嘘は吐けない。

あかねはプルプルと身体を震わせながらベッドから立ち上がると、部屋を出て行こうとし、扉のところでふり返った。

「お兄ちゃん、今夜の料理当番代わって。私、絶対に手元が狂っちゃうから」

「お、おう……どこ行くんだ？」

「ちょっと町内一周走ってくる。身体が火照って仕方がないわ」

「あ、あまり暗くなる前に帰って来るんだぞ。へ、変なこと言ってごめんな……」

まさかそんなに怒らせてしまうなんて思わなかった。

〝包丁を持つのが危険なほどの怒り〟を走って発散するらしい。

俺は刺されてしまわないよう、文字通り必死に謝った。

「──そ、それと！　ちゃんと手を洗ってね！　ウイルスとか流行ってるから！」

思い出したようにそう言い残して、あかねは家を出ていった。

今日もめちゃくちゃ怒らせてしまった……。

カバンを部屋に置くと、俺は下に降りて洗面台に向かう。

「手、洗いたくねぇな……」

そんなことを呟きながら。

【第12話　オタクなら推しの表情は見抜ける】

「ふわぁ〜」

学校に向かう通学路。

俺はあくびをして眠い目を擦《こす》りながら歩く。

昨日はつい夜ふかしをしてしまった。

しおりんと握手できた興奮を夜中にまた思い出して、シンクロにシティの曲を全て聞き直して、メンバー3人のブログやTwittarを読み返していた。

いや、本当に3人ともいい子なんだよね。

みんな一生懸命で、歌も踊りもぎこちないんだけどファンのみんなを元気づけるためにいつも笑顔で頑張ってる。

このまま頑張って……いつの日か推しが武道館行ってくれたら死ぬ。

俺は推しより先に武道館行っちゃったんだけどね……ファンとしては最悪かもしれん。

まぁ、とにかくそんなオタ活をしたせいで寝不足だ。

話しかけてくる友だちもいないから存分に自分の机で寝れるんだけど。またボッチの有用性が証明されてしまったな、敗北を知りたい。

心の中で涙を流しつつ俺は自分の席に着く。

ちなみに、昨日はあの後あかねに嫌われすぎて一切目を合わせてもらえなかった。

外を走りすぎたせいだろうか、めっちゃ顔が赤かったな。

「――みんな～！　おっはよ～！」

俺が席についた直後に朝宮さんが教室に入り、クラス中に笑顔を振りまいた。

アイドルの登場にクラスのみんなが反応する。

「――朝宮さん、おはよう！　今日はいつも以上に元気だね！」

「えへへ～、そうなんだ！　最近テレビにも出られたし、すっごく調子がよくて！」

「うんうん、朝宮さんはいつも元気で明るいから僕たちも元気になるよ！」

「そう言ってもらえると嬉しいな！　私は元気と笑顔だけが取り柄だからね！」

今日はシオンに関するニュースがなかったので、クラスのみんなも朝宮さんにちゃんと挨拶を返していた。

一応、今朝もペルソニアは日間音楽ヒットランキングで1位を取ったがそんなのいつものことだ。ちらほらと、「こいつら、いつも1位取ってんな……」「1位しか取れないバンド」なんて呟きが聞こえてくる程度。

とにかく、これで朝宮さんのテレビ出演も1日遅れでみんなに祝ってもらえる事だろう。

そう思いながら俺は参考書を読むフリをして朝宮さんの天使のような笑顔を盗み見する。

この行動は自分でもめちゃくちゃキモいと思う。ほんと……生きててごめんなさい。

そんな自己嫌悪も朝宮さんの笑顔で生きる気力を与えてもらえるから、差し引きした結果……やっぱり死にたくなる。

まぁ家に帰った時、迎えに来たぶっきらぼうな妹の「おかえり……」を聞いて生きる気力メーターが上限いっぱいに振り切れるんですけどね。

それにしても……あれ?

朝宮さん、なんだか……。

俺はみんなに笑顔を振りまいている朝宮さんの様子を横目でじっと見つめる。

（……やっぱり）

朝宮さんについて気になる事ができた俺はスマホを取り出しＲＩＮＥを起動する。

そして、琳加にメッセージを送った。

〈今日のお昼に会えるか？　ひとけのない場所で〉

送信、――既読、２秒である。

さすがカーストトップ、ＲＩＮＥとインスタは常に監視しているのだろう。

〈昼休みが始まったらすぐに行く！〉

そして会ってくれるらしい、しかもお昼休みが始まったらすぐに。

大丈夫なのだろうか。

お昼ごはんはどのグループと食べるかとか女子たちの中では結構重要だと思うんだが。

〈校舎裏にいるから、好きなタイミングで来てくれ〉

そう送ってお昼を待つ。

まぁ、一日くらい別に大丈夫なのか。『具合が悪いから保健室に行く』とか言えば何とかなりそうだし。

あいつに嘘を吐ける能力があるとは思えんが……。

気をきかせて『保健室で会うか？』なんて送ろうとしたが、俺の第六感がなぜか必死に止めるのでやめた。

◇◇◇

——そして昼休み。

俺は自分の弁当を持って校舎裏へ。

あそこなら多分誰もいないだろうし、カースト最上位の琳加と最底辺の俺が話していても大丈夫だろう。

校舎裏に着くと弁当の包みを持った琳加がなんだか顔を赤らめてソワソワした様子で、すでに校舎裏にいた。

早い、本当に早い。

こいつ走って来たのか？

そして俺をみると幸せそうな表情で笑った。

その笑顔に少しドキッとしてしまう。

「あはは、リツキ。ネクタイが曲がってるぞ、じっとしていろ。直してやる」

「おっ？　マジか……い、いいよ自分でやる」

「いいから私に任せろ」

そう言って琳加はすぐそばまで近づき、俺のネクタイに手をかけた。

俺は恥ずかしい思いを我慢しつつ琳加にネクタイを任せる。

か、身体が……ち、近い——密ですよっ！

そんな馬鹿なことを考えて気を紛らわせる。

俺を見て笑顔になったのはネクタイが曲がっていたのが面白かったからか。

あんなにいい表情をされるとつい勘違いしそうになる——ってなんか、めっちゃ俺の首元に琳加の吐息がかかるし、ハァハァ聞こえるんですけど……。

やっぱりここまで走って来たからだろう。

琳加が俺のネクタイを結び直し、俺の首元で最後の仕上げに軽く引っ張る。

「よし、これで終わ――」

琳加がそう呟こうとした瞬間、突然俺たちに向かって誰かが走り寄って来た。

そしてその誰か――女生徒は突如、俺たちに土下座をする。

「――すみませんでした！　お願いします、許してあげてください！」

着ている制服が、長い前髪が、地面に付いて汚れるのもいとわずに彼女は謎の謝罪を繰り返した。

琳加は驚いて俺の首元のネクタイを掴んだままだ。

「リツキ……女の子に土下座させるのが好きって話は本当だったのか……リ、リツキはSなんだな……？」

そんなことを呟いて、なにかを期待するような目で俺を見る。

いや、体の向き的に俺じゃなくて琳加に対して謝ってるんだと思うぞ。

そして、俺は彼女を知っている。

なぜこんなことをしているのか事情を聞くため、馴染みの書店員でもある彼女に呼びかけた。

「蓮見……一体どうし――」

「お、お金が欲しいなら私が差し上げますし、パシリなら私がやります！　な、なのでどうか須田君は許してあげてください！」

「――え？」

俺と琳加はお互いに今の自分たちの状況を思い返してみた。

学年のカースト最上位の琳加が最下層の俺の首元を摑んでいる。

これは……完全にイジメの現場だ。

というか、盲点だった。

人が誰も来ないってことは、蓮見みたいな教室にいづらいボッチは来てしまう。

俺は鋼のメンタルで教室で一人で食べているが、蓮見はいつもこんな場所で食べていたのか……。

「は、裸の写真とか送ればいいですか!?　私が逆らえないように！　そうすれば須田君は解放してくれますか!?」

焦りすぎて、目をグルグルと回しながらトチ狂ったことを言い出す蓮見を俺はなだめる。

なんでそんなにイジメの手口に詳しいの？

「――落ち着け蓮見。これは決してお前が思っているようなそういうアレではない」

「あ、貴方の裸の写真!?　それは気になる……！」

「いや、琳加さん!?　欲望に負けないで！」

まともなのは俺だけだった。


「じゃ、じゃあ……本当に須田君は琳加さんにイジメられてたわけじゃないの……？」

なんとか誤解を解くと蓮見は驚いた表情を浮かべる。

琳加は正義の心に燃えたような瞳でそんな蓮見に力説を始めた。

「当たり前だ！　弱い奴に脅しをかけるなんて最低な事だからな！」

「あれ？　琳加さん……？　俺たちの出会いをお忘れ？　滅茶苦茶脅されてたんだけど!?　メガネ奪われたんだけど!?」

都合のいい記憶改竄《かいざん》を行っていた琳加に俺はツッコミを入れる。

「それにしても蓮見ちゃんか〜。可愛い顔だね、前髪上げてちゃんと見せてよ〜。えへへ、RINEやってる？　今から一緒にごはん食べようね」

「ひぃ!?　は、這《は》いつくばって犬のように食べればいいですか？」

「こらこらナンパするな。蓮見も怯《おび》えすぎだろ」

そして、蓮見にも説明しつつ俺は話を続けた。

「――俺が琳加をここに呼び出したんだ、話があったから」

「よし、準備はできているぞ。リツキ、答えは『イエス』だ」

「まだなにも言ってないだろ……」

俺が話を始める前に琳加は了承してしまう。

興味ないのかな？　ソルジャー1stなのかな？

「話っていうのはだな――」

「お、おうっ！」

俺から一歩離れると謎の緊張感を持って琳加は返事をする。

というか、なんだこの変な距離感と雰囲気は。

近くで話せばいいのになんでちょっと距離を空けた？

なんで俺の正面で期待するような表情で俺を見てるの？

蓮見はなぜか顔を青くして、祈るように両手を合わせながら俺と琳加の様子を見守っている。

イジメられてないって分かったのになんでそんなに不安そうな表情してるの？

なにもかもが分からないまま、俺は自分の用件を話し始めた。

「――ウチのクラスの生徒、朝宮さんについてだ。琳加は朝宮さんを知っているか？」

俺がそう話し出すと、琳加はなんだかガッカリしたような表情を、蓮見はホッとしたような表情をした。

「いや、知らないな。リツキはそいつに興味があるのか？」

なんだか不機嫌そうに琳加が言う。

蓮見はもちろん知っているので朝宮さんについて琳加に説明をしてくれる。

「朝宮さんはシンクロにシティっていうアイドルグループのリーダーだよ。いつもにこにこしてて元気いっぱいなんだ」

蓮見の説明に俺は頷いた。

「あぁ、だが――」

そして、俺は付け加える。

「今朝の朝宮さんは笑っていなかった」

◇　◇　◇

俺が朝宮さんのことについて話をする前に、みんなで校舎裏の段差に腰掛けた。

いつもここでごはんを食べている蓮見は手慣れた様子でハンドタオルを敷いて、その上に腰掛ける。

それを見て俺は琳加に聞いた。

「琳加はお尻の下に敷く物持って来てるか？　そのまま座ったら汚れちゃうだろ」

一応、急な呼び出しをしてしまった琳加に確認を取った。俺は自分のズボンが汚れようが気にしないので、琳加が持っていなければ俺のハンカチか上着で我慢してもらうつもりだ。

そんな俺の発言に蓮見が顔を青くして慌てて立ち上がる。

「ご、ごめんなさい！　気がききませんでした！　わ、私が琳加さんの椅子になりますね！」

「は、蓮見ちゃんそんなに怯えないで……大丈夫、私もハンドタオルは持ってるから！」

「蓮見、大丈夫だぞ。こいつ、根は滅茶苦茶優しいから」

蓮見にビビられすぎて、さすがに落ち込んだ様子の琳加は自分のハンドタオルを取り出した。

ネコの絵柄が入った可愛らしいハンドタオルだ。そういえば、こいつ実は可愛いもの好きなんだよな。

そうして、全員で弁当を食べ始める。

「えへへ～、蓮見ちゃんのお弁当美味しそうだね～。その綺麗な卵焼きは自分で作ったの？」

「ひぃぃ!?　ごめんなさい、私如きが卵焼きとか調子に乗ってました！　私はその辺の土でも食べますね！」

「蓮見、慣れろ……！　あと琳加の言葉に深い意味はない！」

――っていうか冷静に考えるとやばいなこれ。

妹やバンドメンバー以外の女子と学校で一緒にお弁当……！

あかねよ、ついにお兄ちゃんにもこの世の春が訪れたようだ。

お前も頑張って彼氏の一人でも――作ったらお兄ちゃんどっかの崖から飛び降りちゃうかも。

「――えっと、それで須田君？『朝宮さんは笑ってなかった』って言ってたけど、今朝も朝宮さんは元気いっぱいに笑っていたんじゃないかな……？」

俺がこの夢のような光景に完全に酔っていると、蓮見が先ほどの発言について質問をしてきた。

それに対し、俺はため息を吐きつつ老害ドルオタムーブをかます。

「ふん、〝浅い〟な。毎日朝宮ことしおりんの笑顔を盗み見してる俺にしてみれば一目瞭然だ。しおりんは確実に落ち込んでいるのに無理して笑っている様子だった」

普通ならドン引き通報案件な厄介オタクの俺の発言も、蓮見は〝ゴッチがわ〟なのであまり気にしていないようだった。

「そ、そんな……私も毎日本を読むフリをして朝宮さんの笑顔を盗み見してたけど全然分からなかった……やっぱり須田君には敵《かな》わないなぁ……」

俺たちの話を聞いて、琳加は一人でなにかをブツブツと呟く。

「リ、リツキに毎日見られているなんて……！　私も……！」

恐らく琳加にドン引きされているであろうことは間違いないが、今はそれよりも朝宮さんの事情を知って力になってあげることのほうが大切だ。

俺が通報されて捕まるのはその後でいい……捕まっちゃうのかよ。

「それで、朝宮さんに『なにかあったの？』って聞きたいんだけど、俺は陰キャすぎて無理だから琳加さんにお願いさせていただきたいと思いまして……悩みを打ち明けるのは同じ女性のほうがしやすいだろうしな」

「ふ～ん？　リツキはそんなにその朝宮って奴のことが気になるのか？」

琳加はまた不機嫌な表情を見せた。

そりゃあ、こんなストーカーじみた男の依頼なんて受けたくはないだろう。

でも、深刻な問題かもしれないんだ。もしもなにかが起こってからじゃ遅い。

「頼む！　琳加なら呼び出して事情を聞けるだろ？　朝宮さんの力になりたいんだ！　蓮見も陰キャ根暗オタクだから話しかけるのなんて無理だろうし！」

「須田君……？　合ってるけどさすがの私も傷つくからね……？」

俺の頼みに琳加は苦虫を嚙み潰したような表情をする。

「まぁ、リツキの頼みならなんでも聞いてやるつもりだ。人助けになるみたいだしな」

そう言いつつも気が乗らない様子の琳加に俺はため息を吐いた。

「いや、無理にとは言わない。琳加、付き合わせて悪かったな。こうなったら俺が勇気を出して呼び出して、朝宮さんと人目につかない教室に二人きりで直接――」

「ちょっと待った！　や、やっぱりそっちのほうが危険だ、私が朝宮を呼び出して事情を聞く！　私に任せろ！」

半ばストーカーと化している俺が直接、朝宮さんと接触するほうが危険と判断したのだろう。琳加は慌てて了承してくれた。

若干脅しみたいになっちゃったけど。

そうして、弁当を食べ終えた俺たちはお昼休みのうちに朝宮さんを呼び出すために教室へと向かった。

◇◇◇

「――琳加、お前の取り巻きに見つかったりしたら面倒なんじゃないか？」

校舎の入り口に向かいながら俺は琳加に聞いた。

「大丈夫だ、私はいつも取り巻きの子たちとはお昼休みが終わるまで屋上にいるからな。今日も彼女たちは屋上にいるだろう」

「き、聞いたことがあります！　屋上はいつも不良がたむろしてて使えないって！」

「不良か、実際はこんなんなのにな……おっと、ここからは少し離れて歩こう」

校舎に入ると、俺と蓮見は琳加と距離を取る。

琳加よ、そんな寂しそうな目で俺たちを見るな。最上位カーストのお前と一緒に歩いてると注目されちまうんだよ。

琳加の後ろを離れて付いていくように歩いていると、女子トイレの前を通り過ぎる時、銀髪の少女が出てきて俺とぶつかった。

「――うわっぷ!?」

衝撃で彼女はバランスをくずし、持ち物が床に落ちる。

とっさに手を出し、小学生くらいの身長の彼女を腕で抱えて支えると、不機嫌そうな目が俺を睨みつけてきた。

見知ったその相手に俺は驚く。

「し、椎名さん……!?」

「えっ!?　シオ――須田君!?　や、やばっ！」

椎名はぶつかった相手が俺だと分かると急いで落としていたなにかを拾って自分の背中に隠した。

――すまん、椎名。見えちまった、お前が落としていたのは〝弁当箱〟だ。

そして、プライドの高いお前がトイレから出てきてそれを急いで隠した……。

信じたくはないが、椎名、お前もしかして――

「いつもトイレの個室で弁当食べてるのか？」

「――!!」

俺が小さな声で囁《ささや》くと椎名は顔を真っ赤にした。

マジか、図星なのか。

フォロワー100万人越えの人気者、ペルソニアの天才ドラマー〝シーナ〟が学校のトイレでボッチ飯ってどうなの……？

いや、場所が違うだけで俺もボッチ飯なんだけど……。

俺はあまりに不憫《ふびん》な椎名をどうにかするほうが朝宮さんの件より重要だとすら思えてきた。

椎名は大切なバンド仲間だ、もう少し楽しい学園生活を送らせてあげたい。

可哀想すぎて本当にちょっと涙出てきそう。

ちょうど目の前にいる蓮見に俺は懇願の視線を向けながら提案する。

「蓮見、その……これからは椎名さんと一緒にお昼ごはん食べたらどうかな？　蓮見もいつも一人みたいだし」

「えぇ！　い、いいの!?　椎名さんって合法ロ――すごく可愛いから、そんなの私のほうからお願いしたいくらいだけど！」

そう言って蓮見が椎名にキラキラとした目を向ける。

『可愛い』と言われた椎名は顔を赤くして口元が緩んだ。

「わ、分かった……食べる……」

「ありがとう！　じゃあ、これからは私が隣の個室に入るね！　壁越しに一緒に食べよう！

えへへ、楽しみだなぁ」

「いや、校舎裏のほうに誘えよ。なんで蓮見がトイレのほうに適応しようとしてるんだよ」

俺たちが後ろでそんなやりとりで足を止めていることに気がついて琳加は廊下の先で待っていてくれていた。

そうだ、昼休みもそんなに時間があるわけじゃない。少し急いで朝宮さんのところに行かないと……。

「蓮見、少し急ごう」

「うん。椎名ちゃんも一緒に来る？」

「行く……」

道すがら、椎名にも俺たちの目的を話した。

朝宮さんのことが気になっていると話すと椎名もなにやら不機嫌そうな顔をする。

いや、こいつはいつも不機嫌なんだけど……。

なんとかお昼休みも十分に時間を残して朝宮さんのいる俺たちの教室へ。

俺と蓮見と椎名は教室の後ろの入口から顔を出して教室の中の様子をうかがった。

自分の席に座る朝宮さんは昼食も食べ終えて、クラスの女子グループの中心で談笑している。

「――須田君、朝宮さんは本当に落ち込んでるの？　なんだかいつもと変わらず元気に見えるんだけど……」

蓮見の指摘に俺は古参を気取ってヤレヤレ顔で首を横に振った。

椎名がそれを見て「うざっ……」と呟く。

死のうかな。

「よく聞くと、声のトーンが僅かに高い。自然に出てる声じゃないな、やっぱり元気なフリをしてる」

「そ、そうなんだ……う～ん、私が聞いても分からないなぁ～」

「……須田君すごい……まるで歌手みたい……」

椎名がまた危険なことを言い始めたので俺が抗議の視線を向けると、椎名はフイッと顔をそむける。

「それにしてもあの状況、俺だったら確実に話しかけられないな……琳加を頼ってよかった」

そう呟きつつ、教室の前のほうの入り口に待機している琳加を見る。

琳加は獲物を見つけたような表情で朝宮さんを見つめていた。

「ふぅ～ん、あいつが例の朝宮か。あいつが私のリツキをたぶらかして……この女狐め……」

琳加がなにやらもごもご呟いてるが遠くて聞こえない。それから琳加は女生徒に囲まれた朝宮さんのもとへ。

美少女番長として有名な琳加が教室に入ってきたことで、クラスはざわめいた。

そんなことは気にもかけず、琳加は席に座る朝宮さんの目の前までまっすぐに歩く。

やっぱり琳加は頼りになるな。それに琳加は誰よりも優しい心を持ってる。特に相手が朝宮さんみたいな超絶美少女なら滅茶苦茶優しく接するはず。

「よし、あとは琳加が朝宮さんの心に寄り添って優しく呼び出してくれるだろう」

「そ、そうだね。私、誤解してたけど琳加さんっていい人みたいだし」

「琳加様なら……大丈夫……リア充だから……」

勝ったな、風呂入ってくる。

そんな安心感と共に俺、蓮見、椎名の3人で扉の陰から琳加を見守る。

琳加は親指で教室の入口を指差しながら朝宮さんに話しかけた。

「――おい、お前が朝宮だな？　ちょっとツラ貸せよ」

朝宮さんは満面の笑みで固まったまま、顔が真っ青になっていった。

◇◇◇

琳加は朝宮さんを視聴覚室へと連れて行った。ここなら誰も来ないから二人きりになれると思ってのことだろう。

朝宮さんは全身をビクビクと震わせながら、腕を組んで仁王立ちしている琳加を涙目で見つめている。

「――あ、あの……すみません。アイドルとか言って調子に乗ってました……な、殴るなら顔以外をお願いします。他のメンバーには手を出さないでください……」

――いや、朝宮さん滅茶苦茶怯えちゃってるんですけどぉ!?

確実に誘い方間違えてたよね!?　琳加の言葉が俺の耳には「お前を殺す」って聞こえたんだけど!?

俺たちは視聴覚室の扉の横で身を隠し、震えながら二人の様子を見守っていた。

本来の予定なら、琳加が一人で朝宮さんから事情を聞き出すはずだった。

しかし、琳加の誘い出す様子がおかしかったので不安になり、俺たちも付いてきたのだ。

「す、須田君……朝宮さんが殺される前に私たちが止めに行ったほうがいいんじゃゃ――死体が増えるだけだと思うけど……」

「いや、待て、琳加を信じるんだ！　あいつは心優しい猛獣のはずだから！　多分、獲物を狩る時も優しくゆっくりと殺すタイプだから！」

「それ、逆に残虐なんじゃ……」

蓮見と一緒に震えていると、椎名が突然立ち上がった。

椎名……もしかしてお前が琳加を止めに――

「須田君、蓮見さん……ごめん……。友だちが呼んでる……」

それだけを言い残して、全力疾走でこの場を立ち去る椎名を呆然と見送る俺たち。

いや、あいつに友だちなんているはずがない。

「あっ、くそっ！　椎名の奴怖くて逃げやがった！　この薄情者！　ミステリアス美少女！」

「す、須田君！　琳加さんが朝宮さんに近づくよ！」

蓮見の呼びかけに視線を戻すと、琳加が朝宮さんに迫っていた。

「――はっ！　殴るわけねぇだろ？　アイドルだかなんだか知らねぇがへらへら笑いやがって。それで他の奴らは騙せても、私は騙せねぇぞ？」

「ひぃぃ!?」

そう言って、琳加は朝宮さんを壁まで追い詰めて、朝宮さんの顔の横に荒々しく手をついた。

もう完全に朝宮さんを脅しにかかっている。

琳加がなんで暴走しているのかは分からないが、このままじゃまずい！

「よし、蓮見！　俺が琳加にボコボコにされている間に朝宮さんを連れて逃げるんだ！」

「う、うん――！」

俺は男らしくそう指示をして飛び出そうとする。

と、琳加は朝宮さんの顎《あご》に手を当てて、自分の顔に近づけるように軽く持ち上げた。

「なにか困ってることがあるんだろ？　他の奴はそんな作り笑顔で騙せても（リツキに教えてもらったから）私はそうはいかない。ここは誰も使っていない教室の隅だ、私以外に聞く奴はいない……その抱え込んだ悩みを打ち明けてくれ」

「……へ？」

――あれ？

流れ変わったな……。

俺は飛び出そうとする足に急ブレーキをかけて、続きを見守った。

というか、あの状態って……。

「須田君、アレって――」

「いわゆる〝壁ドン〟ってやつと〝顎クイ〟ってやつだな……琳加は特に意識してないだろうが」

「すごい……漫画以外で初めて見た……。すごく綺麗で興奮する……鼻血出そう」

琳加は朝宮さんの頭に手を置いて優しく微笑む。

「お前が心からの笑顔を見せてくれないと、（リツキが心配するから）私が困るんだよ。（リツ

キがお前に興味を持って欲しくないから）朝宮がいつも通りの笑顔を見せてくれるように、私でよければ力になるからさ」

なんだあのイケメン。

あれ、俺今宝塚でも見てるの？

朝宮さんはとろけそうな表情で顔を赤くして琳加の笑顔に目を奪われている。

そしてその目には少しずつ涙がにじんできた。

「う……うぅ……琳加様……！　うわぁぁ～ん！」

そして朝宮さんは琳加の胸に泣きついた。

琳加は少し困惑したような表情で朝宮さんを受け止める。

いや、乙女ゲーのキャラかよ。

あんなことされたら誰でも惚れるわ。

あいつ、変にキモいこと言わないであんなふうに女子に接すれば落とし放題なんじゃないか……？

蓮見は隣で「百合、尊い……」と一言呟いて二人を拝んでいた。

【第13話　新人イジメされた駆け出しアイドルの下剋上】

朝宮さんを攻略した琳加は、お昼休みの時間も無くなったので放課後に朝宮さんの悩みを聞いてあげる約束をしていた。

——そして、放課後。

琳加と俺と蓮見の3人は屋上で朝宮さんが来るのを待っていた。

裏切り者の椎名は呼んでいない。

「琳加、俺たちもいていいのか……？」

「だって、私は朝宮のこととかアイドルとか詳しくないからな。結局リツキたちにも話すことになりそうだし。もちろん、朝宮が他の人に言うのは嫌だって言うなら私一人でどうにか解決するつもりだが」

「俺が言い出したことだ、さすがにそれは悪い。朝宮さんが俺たちにも話してくれたらいいんだが……」

そんな会話をしながら待っていたら、朝宮さんは他にも女の子を二人連れて教室に来た。

その二人を見て俺は心の中で大興奮する。

シンクロにシティの他のメンバー、〝あかりん〟こと姫里明《ひめさとあかり》、〝みほりん〟こと　有村美穂《ありむらみほ》だ。

やばい、３人揃うと神々《こうごう》しすぎて見れない。口から「でゅふふふ」って変な笑いが出てきそうになる。

蓮見からは実際に「でゅふふふ」って声が出てた。

そんなメンバーに対して琳加は過剰に反応することもなく声をかけた。

「朝宮は他にも連れてきたのか。私も他に力になってくれる二人を連れてきたんだが、一緒に話を聞いてもいいか？」

朝宮さんは琳加の他に俺と蓮見が一緒にいるのを見て驚いた表情を見せる。

琳加一人で来ると思っていたんだろう。

そして〝俺〟を見た後に口を開く。

「だ、駄目だよ！　須藤君は駄目！」

——えっ、病む。

やっぱり毎日気持ち悪い視線で見てたのがバレてたの？

で、でも俺は須藤じゃなくて須田だから！　別人だからセーフ、セーフ！

自分が精神的ストレスでうつ病になってしまわないような屁理屈を一瞬で考えついていると、朝宮さんは続けた。

「だ、だって須藤君は私たちのファンだから！　ファンに元気を与えるのが私たちなの！　私たちが元気じゃないところなんて見せちゃダメなの！」

（――は？　なんだこいつ、一生推すわ）

朝宮さんの健気すぎる理由を聞いて思わず頭の中で宣言する。

僕が須藤君です、早く役所で名字変えないと……。

それにしても……そういうことか。

クラスの中にも何人かファンはいるから、朝宮さんは気丈に振る舞っていたんだ。

自分の悩みや不安なんてファンには見せないようにするため……。

きっとあかりんとみほりんも同じだ。

ファンでもなんでもない琳加が突撃したのはある意味正解だったみたいだ。

朝宮さんも琳加相手にいろいろと困惑して、あんなことをされて、ついアイドルとしての仮面を外してしまったんだろう。

ファンには知られたくないという朝宮さんの話を聞いて、琳加は俺を見る。

「――だ、そうだが……リツキ、どうする？」

俺はそんな琳加の隣に立った。

「朝宮さん――」

３人のアイドルとしての心構えに感銘を受けつつ、俺は真剣な表情で自分の想いを語った。

「朝宮さんたちにとっては知られたくなかったのかもしれない。でも残念ながらもう、なにか困っていると知ってしまったんだ。『忘れてくれ』と言われても、俺の気がかりを無くすことはできない、そばにいる蓮見も同じだ。だから……聞かせてくれないか？　いつも元気をもらっている分、力になりたいんだ……琳加、愛してる」

「――いや、最後のは言ってねぇよ!?」

俺は琳加にツッコミを入れた。

大好きなアイドル相手にコミュ障の俺がこんなのスラスラと言えるわけがないので琳加の耳に囁き、代わりに言ってもらったのだが、最後に余計な一言が追加されていた。

こいつにとってはただのイタズラなんだろうけど、マジで意識しちゃうからやめて欲しい。

「う、うん！　須田君の言う通り！　私なんて大したことはできないけど、なにかしおりんたちの力になりたい！」

蓮見も長い前髪の間からキラキラした瞳を覗《のぞ》かせて拳を握る。

でも須田君って誰？

「――ふ、二人とも！　分かった、ありがとう！　情けないけど、頼らせてもらうね！」

朝宮さんは他のメンバーと頷き合い、俺たちにシンクロにシティの悩みを打ち明けてくれた。

「……実は、私たち事務所で新人イジメを受けているの……」

3人とも、苦しそうな表情で次々に口を開く。

「私たちって事務所の中じゃ歌も踊りもまだまだ下手なの。なのに、先輩たちを差し置いて人気が出てきちゃったから……」

「事務所の大先輩の一人がある日、そんな実力もない私たちにキツく当たってきたの。『わたくしはあのシオン様と番組でご一緒したこともありますのよ！』って威張りながら」

「それから、その先輩の指示で他の人たちも私に嫌がらせをするようになってきて……同期の子に相談しても、『芸能界は上下関係の社会だから、芸歴が長くなるまで耐えるしかない』って……」

——マジか、シオン最低だな。

ここに椎名がいたなら確実にそう言われていただろう、酷い風評被害だ。

そして、彼女たちの所属する事務所カルデアミュージックの大先輩……。

優しい彼女たちは自分たちがイジメられているにもかかわらず名前を出さなかったけど、俺と共演したことがあるって聞いて誰か分かってしまった。

カルデアミュージックが誇るうら若き歌姫。

花見瀬名《はなみせな》だ。

確かに、俺は昔一度彼女と共演したことがある。

音楽番組のひな壇で隣の席に座った程度だが、俺への執着がすごかったのを覚えている。

面会謝絶の俺の楽屋に花束を持って特攻してガードマンに連れて行かれたり、本番中もずっと俺の顔を凝視してきて目が合うとウィンクをしてきたり、カメラが止まると隣の席の俺に身体を擦り寄せてきていた。

しまいには塩対応を続ける俺に「連絡先を教えてください！」と泣きながら土下座してきたので俺は仕方なくシオンの携帯のアドレスを教えたのだ。

彼女には「忙しくて返せない」と言ってあるのだが、返事が来ないにもかかわらず今だに毎日何通もの〈愛しています〉〈今日も夢に見てしまいました……〉みたいなメッセージが携帯に送られてくる。

もちろん、〝シオン〟のネームバリュー目当てに同じようなことをしてくる人もたくさんいるんだけど、花見さんは特に熱心だ。

最初に楽屋に突撃された時に少し俺の素顔を見られてしまった気もするから、できれば避けたい相手なんだけど。

「マジか……そんな酷い先輩がいるのかよ！　よし、私が直接イジメなんて止めろって言ってやる！」

「り、琳加様……ダメですよ！　相手は事務所で一番の大先輩です、琳加様になにかあったら……」

怒りで拳を震わせて今すぐにでも殴り込もうとする琳加を朝宮さんが止める。

蓮見も一生懸命考えてくれているが、いいアイデアが浮かばないようだ。

そんなみんなの様子を見ながら俺も〝自分にできる事〟を考えた。

俺が〝シオン〟の力を使えばこの問題を解決する事はできるだろう。とはいえ、やるなら慎重に動かなければならないのは確かだ。

イジメの首謀者である花見さんに止めるように言ったら逆にもっとイジメが酷くなることもあり得る。

花見さんは有名な歌姫で、朝宮さんたちはまだまだ無名なアイドルだ。いくらでも揉み消せるし、反感を買ってしまう恐れが多い。

――であればしおりんたちを有名にしてしまえばいい。

極端な話なら、シオンがシンクロにシティに楽曲を提供するとか。そうすれば彼女たちの楽曲の売上は恐らく一瞬で花見さんを抜いてしまうと思う、しかも総売上で。

今やシオン、ひいてはペルソニアはそれくらい異常な人気だということはさすがに自覚している。

——だが、いいのか？

俺は漫画家の堀内先生の時のことを思い出した。

あれは結果的に俺がオススメしたことによって人気が爆発したようだったが、俺は最初から手を貸そうと思ったわけじゃない。

その作品に、物を作る人間《クリエイター》としての熱意と技術を見て取ることができたからだ。

埋もれずに、この人の実力が正当な評価を受けて欲しい。

俺はそう願ってシオンの名を使った。

もちろん、シンクロにシティも一生懸命やっている。俺は彼女たち一人一人の事をよく知っているから。

——でも、堀内先生のような、自分の夢だけでなく大切な家庭や生活を背負った人間の本気ほどじゃない。

しおりんたちはまだまだ未熟だ。歌も踊りも発展途上。

明るくて優しい性格や可愛らしい容姿で他より人気が出ているが、パフォーマーという観点で見たら大した事はない。

俺は、だからこそ〝シオン〟という名前を出すようなズルはさせたくないんだ。

彼女たちは、自分たちの力でこの問題を乗り越え、成長できるはずだ。

誰も文句が言えないくらい歌と踊りを上達させる。そうする事でこの問題は根本から解決する事ができる。

であれば、俺にできることは——。

俺は考えをまとめる。そして自分の胸を叩き、力強く目を見開いた。

「任せてくれ！　俺が、しおりんたちに——シンクロにシティに力を貸す！　歌も踊りも上手くなって、先輩たちを見返してやろう！　駆け出しアイドルの下剋上だ！」

俺は琳加にそう囁いた。

「——いや、さすがにそれはリツキが自分で言えよ!?」

「え、えっと……下剋上します……」

俺は身体をもじもじさせて、下を向きながらしおりんたちに伝える。

「私の耳元で囁く時もこれくらい緊張してくれよ。私ばっかりドキドキしてたじゃないか」

そう言って琳加は顔を赤くして不満げに頬を膨らました。

いやいや、俺も滅茶苦茶ドキドキしてたからね。なんか琳加の髪とかすげーいい匂いするし。

「げ、下剋上って……どうやってやるのっ!?」

しおりん、あかりん、みほりんは困惑した表情で俺を見つめる。

やばい、そんなに見ないで……一番厄介なガチ恋オタクになっちゃう。

限界オタクの俺は視線を避ける為に琳加の後ろに隠れて下剋上作戦の全貌を語り始める。

今から犯人を明かす身体は子どもな某名探偵の気分だ。

「しおりんたちは2ヶ月後に初めての単独ライブ『シンクロ！』がある。だから、一生懸命練習して、そこで文句の付けようが無いくらい上手い歌と踊りを披露すれば、先輩たちも頑張りを認めて優しくなってくれる……と思う」

下剋上だとか大げさに言っておいて、実際には普通に〝練習をして見返しましょう〟という内容であることを伝える。

だが、これが彼女たちにとって一番だと思う。

イジメの首謀者である花見さんがしおりんたちを気に入らないのは恐らく実力がないからだ。

彼女は下積みを重ねて歌唱力でのし上がってきたのに、しおりんたちは表面上の人気だけでテレビにも出演してしまった。

だったら、しおりんたちもいっぱい練習をして実力も認めさせればいい。

「あっ、でも練習は――」

「う、うん……そうだね」

あかりんとみほりんがそう言って暗い顔を見せる。

言いづらそうにしているのを気にして朝宮さんが説明してくれた。

「事務所と契約してる練習用のスタジオがあるんだけど、私たちは使えないの。その……いつも場所が埋まってて」

――朝宮さんたちの言う〝新人イジメ〟の片鱗を垣間見た。

心が優しいから人を疑うのも悲しい気持ちになってしまうんだと思う。だから朝宮さんはスタジオが埋まっているのを偶然かのように話している。

でも、おそらく芸歴の年功序列で練習スタジオが予約され、さらにシンクロにシティには練習をさせないように嫌がらせをされているのだろう。

若い才能を伸ばす機会を奪う。

俺たちペルソニアもデビュー当時はやられていた、一番キライなタイプのイジメだ。

それだけは――やっていいことじゃない。

「俺のスタジオを使おう」

「――えっ？」

俺は冷静になる前に、ついそんなことを口走ってしまった。

ペルソニアの専用スタジオが各所にいくつか存在している。そこなら俺たちが使わない時はいつでも好きなだけ練習ができる。

本当はこの時、一般のレンタルスペースを使って練習することを提案すべきだったのかもしれない。

でも、スタジオのレンタルは1時間2000～3000円と高校生には安くない。

俺が払うのも遠慮されてしまうだろうし、事務所ぐるみの嫌がらせを受けているということでセキュリティにも懸念がある。

その点、俺たちのスタジオはグークルマップにも載らない完全シークレットだ。誰にも邪魔されずに練習ができる。

それに……頭にきたんだ。

正々堂々と戦うようなことを避けて、練習する機会を奪うようなやり方が。

そっちがその気なら――と思ってしまった。

俺の不可解な発言にみんなが注目してしまっていたので、慌てて先程の言葉の意味をでっち上げる。

「と、父さんの友だちがスタジオを持ってるんだ！　昔バンドをやってたみたいで！　俺がお願いすれば使わせてもらえると思う！」

「そ、そうなの!?　すごい！　じゃあ練習ができるかもしれないんだねっ！」

しおりんたちは瞳を輝かせた。

本人たちのやる気は十分だ。

なのに、その努力すらさせないなんて間違っている。

俺は自分たちが持っているスタジオで、どこがシンクロにシティに最適か考えた。遠くなくて、ダンスの練習ができて、歌の練習もできるスタジオ……。今夜のうちに決めて、使えるように連絡を入れておこう。

「じゃあ、俺が頼んでおく！　明日は休みだから、早速みんなで集まって見に行ってみるか？」

「うん！　楽しみ！」

そう言って、お互いにハイタッチをして喜ぶ天使のようなシンクロにシティを見て俺は自分の腕をつねって必死に堪える。

俺も覚悟を決めた。

『やばい尊い……無理……』とか言って目を逸らしてばかりじゃ、しおりんたちをサポートできない。ちゃんと、彼女たちを近くで見ていられる精神力を身に着けなければ……！

今、俺がすべきはファンとして推すことではなく頑張る彼女たちの背中を押すことだ。

「——分かった、じゃあ須藤君たちのＲＩＮＥを教えてもらっていい？」

そう言って、シンクロにシティのみんなは携帯を取り出した。

覚悟を決めたばかりの俺も思わず固まる。

……え？　まじ？　俺、しおりんたちと連絡先交換できちゃうの？

とりあえず、自分の携帯を取り出すと、ＲＩＮＥのアカウント名を須田から本名の須藤に変えた。

そして……俺がしおりんのバーコードを読み取るなんて畏れ多いので、しおりんに読み取ってもらう。

「……はい、友だち登録したよ！　これからもよろしくね！」

そう言ってしおりんたちは携帯の画面を見せて俺に微笑む。

やばい……溶けそう。

同じように連絡先を交換した蓮見は携帯を見つめている。長い前髪から覗く瞳は嬉しそうにキラキラ輝いていた。

「さすがは私のリツキだな！　これならもう私にできることはないかもな〜」

「あ、あの！　琳加様も……連絡先を教えていただいていいですか……？」

「お……？　おう！　も、もちろんだ！」

朝宮さんは頬を赤らめて琳加とも連絡先を交換していた。

そして、嬉しそうにため息を吐いてその画面を愛おしそうに見つめる。

まさか、しおりんも琳加の取り巻きに……!?

珍しく、可愛い子好きのはずの琳加のほうがそんな朝宮さんの様子には狼狽えていた。

「じゃあ、須藤君、蓮見さん、琳加様！　また明日会おうね！」

そうして、みんなで会う約束をして俺たちはそれぞれ帰宅した。

◇◇◇

——その日の夜。

利用するスタジオを決めた俺はペルソニアのメンバーに確認のメッセージを送った。

数あるスタジオの一つにすぎないとはいえ、2ヶ月の間占領してしまうんだ。

ゲリラライブの時もそうだが、またみんなには迷惑をかけてしまう。

〈——どうせ、また人助けなんだろ？〉

〈シオン君がわがままを言うときは大体いつもそうよね〉

〈私も友だち多くて……いつも頼られるから……シオンの気持ちは分かる……〉

グループラインはそんなメッセージと共に、呆れられつつも和やかに進んだ。

あと、実情を知っている俺は椎名のリア充アピールを見ていて、いつもながら悲しくなった。

〈——とはいえ、また無条件にシオンのお願いを聞くのも面白くねぇよな〉

〈私はシオン君を一晩好きにさせてくれるだけでいいわよ？〉

〈却下……シオンはすでに……私と保健室のベッドで一緒に過ごした仲だから……〉

〈はぁ!?　ちょっとなによそれ!?　詳しく——〉

そして、いつもの二人の喧嘩が始まってしまった。

椎名が言っているのはバドミントン事件の時のことだろう。

俺が推しのアイドルを救いたいからだと事情を正直に白状すると、なぜか女性陣の会話が荒れる。

〈――そうですね……では、こういうのはどうでしょう？〉

収拾がつかなくなる前に、メンバーの一人、ゼノンから条件が提示された。

〈2ヶ月後、そのアイドルのみなさんのライブに私たちも全員お客さんとして招待していただく……というのは？　シオンのおすすめアイドルなんて、見るのが楽しみです〉

◇◇◇

「――リツキ、おはよう！」

「あぁ、琳加。もう来てたのか、おはよう」

翌朝、待ち合わせ場所の地元の駅前に行くとすでに琳加が来ていた。

俺を見ると、花が開いたように笑顔になる。本当に、何度見ても琳加は陰キャの俺なんかが関わりを持てているのが不思議でならないくらいの美少女だ。

今日の服装もオシャレで、Vネックのグレーニットにタイトスカートが強気な琳加のイメージによく似合っている。

と思ったら髪が跳ねていてダメだった——いや、それも含めて可愛いけど。

「琳加、髪が跳ねてるぞ。まだ待ち合わせの時間までは早いんだから鏡を見て直す時間もあっただろう」

そう指摘すると、琳加は顔を真っ赤にして自分の髪を手で抑えた。

あぶねぇ、妹の髪を直す時の癖で琳加の髪に触れちまうところだった。気安く触っちゃだよな、あかねは妹だからセーフってことで。いつも怒りで顔を真っ赤にするけど、あいつ何回言っても髪が跳ねてるんだもん。

「——もしかしたらリツキも早く来てるかもしれないと思ってな。は、早く会いたかったんだ」

琳加はそう言って恥ずかしそうに俺を見つめる。

『早く俺に会いたかった』だと……？

琳加、お前もしかして俺のことが——ってあれ？

「琳加、目の下にクマがあるけど……体調は大丈夫か？」

「あ、あぁ……実は昨夜、朝宮から私に電話があってな。一晩中話相手をしてしまったから寝られていないんだ」

そう言って琳加はため息を吐いた。

しおりん……なんてはた迷惑な……。

だがまぁ、しおりん視点から見てみれば琳加はヒーローだ。気持ちが抑えられなかったんだろう。

誰にも悩みを相談できずに笑顔の仮面をかぶり続けていたら、普段絡んだこともないような美少女番長に詰め寄られて、「お前の抱え込んでいる悩みを打ち明けてくれ」だもんな。

しかも、壁ドンと顎クイのおまけ付き……ラノベかよ。

あれには2次元と3次元を混同する蓮見も大興奮だ。

蓮見に変なあこがれを持たせてしまったな……。いつか「壁ドンしてくれ」って俺相手にすら頼んできそう。

そして俺が蓮見を壁際に追い詰めて――

壁に手をついて――

警察が来て――やっぱり捕まっちゃうのかよ。

「でも、琳加も嬉しかったんじゃないか？　朝宮さんはすごくいい子だし、可愛いし」

普通なら〝可愛い〟なんて恥ずかしくて口が裂けても言えない俺だが、アイドル相手だと自然に言えた。

まぁ、住む世界が違うしね。

そんな俺の言葉を聞いて、琳加は少し不機嫌そうに俺を睨んだ後にため息を吐いた。

「うーん、違うんだよなぁ～。私はもっと弱そうな子を守ってあげたいんだよ。朝宮は十分しっかりしてるし、いい仲間もいるみたいだし……もちろん、友だちとしては大歓迎なんだが」

そんな琳加の心情を聞いて、俺は滅茶苦茶腑《ふ》に落ちてしまった。

琳加が放っておけなくなるのは、もっと弱いタイプだ。

今まで琳加のツボを突いたのは椎名と蓮見。

二人とも美少女だというのもあるが、もっと重大な共通点がある……超が付くほど根暗なボッチだ。こんなこと言うと殺されそうだけど、正直、将来社会でやっていけるのか不安なくらいに。

世話焼き番長な琳加にとって守護《まも》りたい欲求を満たす存在なのだろう――善い人すぎない？

であれば、俺の中での一つの〝重大な謎〟がついに解き明かされることになる。

つまり琳加は陰キャでボッチ、イジメられっ子な俺のことも〝そういう存在《保護対象》〟として見ているということだ。

――あっぷねぇぇぇ！

ごめんなさい、正直勘違いしていました。

『あれ？　琳加って俺のこと好きなんじゃね？』って思って夜中に一人悶々《もんもん》としていた事もあります。

でも、そもそも男としてどころか、対等な立場として見られていない。

ただ単に社会不適合者である俺を同じように気にかけていてくれていただけなんですね……。

さっきのは『(リツキが心配で) 早く会いたかった』ってことだ。

実際、俺としおりんたちの誰かが先に着いちゃって二人きりになってたら俺が緊張しすぎて気まずい雰囲気になっていただろうし……。

あともう少しで引きこもるレベルの黒歴史作るところでした。

だが、このまま甘えてちゃダメだ。

俺はちゃんと友だちも作れるし、コミュニケーションも取れる人間だということを琳加に証明してひとり立ちしなくてはならない。

俺には男としてのプライドがあるのだ。

女装とかさせられてる時点で琳加はもう俺のこと、男として見てないんだろうけど。

「——あはは。少し疲れてたけど、リツキに会ったら疲れが吹き飛んじゃったな！」

そう言って、琳加は嬉しそうな笑顔で俺の腕に抱きつく。

あ、やっぱりこのままでいいです。

プライド？　なにそれ、非モテオタクがこんな美少女と関われる奇跡よりも大切？

——そんなことを思っていたら、俺の腕が不意に後ろに引っ張られた。

同じように琳加も俺と逆方向に身体が引っ張られる。

「「おはよう、二人とも!!」」

やけに力の込もったような挨拶と共に、俺の腕には蓮見が。

琳加の腕には朝宮さんが張り付いていた。

朝宮さんはめっちゃ俺のことを睨んでる、ごめんなさいセクハラじゃないんです、冤罪です。

そして引っ張られた俺の腕には柔らかい感触を感じる……あれ、蓮見って意外と大きい……?

「あ、あぁ、二人ともおはよう」

「早かったんだな、もう少しゆっくりでもよかったのに……」

俺と琳加はそんな不機嫌そうな二人に挨拶をした。

まぁ、朝からイチャコラしているような現場を見たらそうもなるか。

実際には俺が琳加に保護対象として可愛がられていただけなんですけどね。

蓮見は俺の腕を慌てて離すと、小さな声で俺に囁いた。

「ご、ごめんね。引っ張っちゃって……なんか、気がついたら身体が動いてて」

そんな蓮見の言葉に俺は安心した。この前のエロ本捜索事件で俺のスケベな性根を知っている蓮見は、琳加が俺にセクハラをされていると思ったんだろう。

引っ込み思案なこいつもいざという時には積極的に行動を起こせるんだな。

俺が手を出した時にはぜひ正義の名のもとに通報して引導を渡してやってくれ。

「おはよう～！」

その後、すぐにみほりんが来て、あかりんも待ち合わせ場所に来た。

あかりんは遅刻ギリギリだ。

「――あかり、また髪留めがズレてる。ほら、直してあげるからこっち来て」

「あっ、あはは～。みほりん、ありがとう！　さっすが私の嫁！」

「馬鹿なこと言ってないの。全く……」

みほりんはため息を吐きつつもどこか嬉しそうにあかりんの髪を整え始めた。

推しのアイドル同士が目の前で仲良くしてる……。なにこの光景……尊すぎて人権失いそう。

「キマシタワー……！」

蓮見はそんなことを呟きながら興奮して俺の袖を引っ張る。

大丈夫、俺も見えてるから。眩しすぎて失明しそうだけど。

かくして全員が集合場所に揃った。

以前みたいに琳加と二人きりだったら変な噂になるかもしれないが、これだけの集団になってしまえば大丈夫だろう。

周りはみんな美少女なので俺はいい感じに空気ですしね。

一応、変装のためにメガネを外そうかとも思ったんだが、琳加に激しく止められた。

「――琳加。だから、視力は悪くないんだって」

「だ、ダメだ……リツキの素顔は私以外には見せないでくれ。〝そんな顔〟をみんなに見せちゃうと……お、お願いだ……」

琳加はそう囁きながらなにやら懇願するような瞳を向ける。

〝そんな顔〟か……なるほどな……。

他の人にはお見せできないような顔面なのか。だからメガネをかけてて欲しいと……泣いていい？

俺は自分の顔がよく分かっていない。

シオンとして活動しているとき、周りは人気イケメン俳優だらけだから正直自分の顔なんて見たくもない。

俺の素顔を見たイケメン俳優たちはだいたい「じ、自信無くします……」みたいなことを言っていたが。どうやら俺みたいな酷い顔面でも芸能界の第一線で戦えてしまっていることにみんなショックを受けてしまっているようだ。

素顔からシオンと繋がってしまう可能性もあるし、ここは琳加に従おう。

「分かったよ。じゃあいつもの格好でいる」

「ご、ごめんな……わがまま言って……」

琳加は申し訳無さそうに謝った。

いや、謝られちゃうのが一番凹《へこ》むから。

マジであかねは俺に似なくて良かったな……。DNA鑑定したら実は血がつながってなかったりして。

あかねが俺を嫌いながらも関わってくれてるのは〝家族だから〟という一点のみだから、そんなことが発覚したら家から追い出されてしまいそうだ。

試しに今度、冗談で言ってみようかな。

なんて馬鹿なことを考えながらみんなと一緒に電車へ乗り込んだ。

◇◇◇

「蓮見、持ってるカバン重そうだな。持ってやるよ」

電車に乗ると、俺はすぐに蓮見に手を差し出した。

「す、須田君ありがとう……えへへ、いつも優しいね。本が入ってるから結構重たいかも」

俺が蓮見のカバンを手に持つと、今度は琳加が俺に手を差し出した。

「リツキ、重いだろう。私がそのカバンを持つよ」

「琳加さん。俺のプライド、ズタズタなんですけど……いや、確かに琳加のほうが力持ちなのかもしれないが、さすがに俺に持たせてくれ」

またも俺を保護対象としてイケメンムーブをする琳加にキュンとしつつ、男の意地として俺は琳加に渡さずに蓮見のカバンを持った。

俺が〝モテる〟のなんてこのカバンくらいしかないだろうしな（激ウマギャグ）。

それにしてもやばい、このままじゃ俺も琳加に攻略されちゃうよ……。

いや、そんな心配しなくても俺はモブキャラだった。しかも多分グラフィックが用意されてない人影だけのやつ……せめて色くらいは付いてて欲しい。

「須田くん大丈夫？　重くない？」

「蓮見よ、心配すんな。こんなのちょっと太ったチワワくらいのもんだ」

「その例えはよく分からないけど……ありがとう！」

蓮見は前髪の下から綺麗な瞳を見せて微笑む。

だが、確かに少し重いなこのカバン……。

そんなことを考えていたら、しおりんが琳加に迫った。

「琳加様はなにかご不便なことはありませんか⁉　私、琳加様のためだったらなんでもいたします！」

「――だ、大丈夫だ朝宮！　大丈夫だからそんなに興奮して近づかないでくれ……周りの目が……」

「『近づかないで』……!?　り、琳加様は私のことがお嫌いですか!?」

「き、嫌いじゃないぞ！　嫌いじゃないからそんな泣きそうにならないでくれ！　ほ、ほら！　好きなだけ近づいていいから！」

「ありがとうございます！　えへへ〜、じゃ、じゃあ腕に絡みついちゃいます〜」

いや、重ぉぉ〜!!

一番重いのはしおりんだったぁ〜！

この重さに比べたら俺の持ってるカバンはハムスターみたいなもんだ……。

しおりん、気がついて！

あかりんとみほりんが見たことのない親友の一面にすごく戸惑ってるから！

琳加が助けを求める表情で俺を見つめてるから！

「よ、よし……これで琳加さんが朝宮さんとくっついちゃえば。須田君はまたボッチだ……！」

なにやら拳を握りながらそんなことを呟く蓮見が隣にいた。

えっ、なに？　そんなにボッチのままでいてほしいの？

確かに、同じボッチだと思ってた奴が友達とか作り始めたら焦るよな。

大丈夫だ蓮見、友達ができたらお前にも紹介してやるからな……！　一緒にボッチを卒業しようぜ！

そんな決意を胸に俺は電車で揺られていた。

◇◇◇

——桜木町駅から徒歩5分、2階建ての大きな家の前で俺は足を止めた。

「ここがスタジオだ」

俺がそう言うと、後ろをついて来ていたシンクロにシティのみんなと琳加、蓮見は首をかしげる。

「リツキ、ここはスタジオじゃなくて家じゃないか、しかも大きな門まであってかなり立派な邸宅だ。私たちの新居か？　私はリツキがいれば別にボロアパートでもいいんだぞ？」

「アホなことを言ってるな、スタジオは地下にあるんだよ」

琳加の冗談を流しつつ、俺はカードキーを門にさす。

こいつ、同棲してまで社会不適合者の俺を保護する気か。

そのうち、ダメ男とか好きになりそう。

いや、むしろダメ男にされそう。

あと、お前にべた惚れのしおりんが俺を殺しそうな目で睨んでるから変なこと言うの止めてね……？

俺のカードキーに反応して門が開く。

みんなはそれを見て「うわぁ～！」と驚くように声を出した。

俺がカードキーを抜くと、差し込み口の上のディスプレイに電子文字が浮かびあがる。

〝Welcome《ようこそ》　Xion《シオン》〟

俺は大慌てでその前に立つと、冷や汗を流しながら背中で文字を隠した。

やべぇ……カードキーの名前、芸名で登録してた……。

完全に油断していたが、幸い開く門に目を奪われて誰も気がついていないようだ。全員、大興奮で門の中を覗き込んでいる。

「よし、みんな中に入ってくれ！　前だけを見つめて！　前にしか進めないカンガルーのように！」

「その例えはよく分からないが、分かった！　じゃあ入るぞ！」

なかなか消えてくれそうにない電子文字を誤魔化すために俺はごく自然に視線を誘導しつつみんなを中へと促すと、琳加が先頭を切って入っていってくれた。

「俺も来るのは久しぶりだが、案内するよ」

門をくぐって玄関までを歩きながら軽く説明を始める。

「ダンススタジオに録音機材、楽器も一通り置いてある。防音や音響も完璧だ、練習で汗をかいたら大浴場やサウナ、屋上にはプールもあるしな」

「………」

俺の説明をみんなは呆けたような表情で聞いていた。

玄関につくと、今度は静脈認証だ。パネルに手をかざすと玄関の扉が開いた。

「この扉は登録制だ。後でしおりんたちも登録しよう。中に予備のカードキーもあるから、それも渡すね」

「………」

相変わらずみんなは静かに俺の話を聞いてくれている。

いや、聞いてる……のかこれ？　みんな魂が抜けたような顔をしているけど……。

家の中に入ると、久しぶりに来たにもかかわらずエントランスには埃《ほこり》一つ落ちていない。雇っているハウスキーパーの方がしっかりと仕事をしてくださっている証拠だ。庭の木々も手入れされてたし、今度お礼の手紙と飲み物でも送ってもらうように事務所にお願いしておこう。

家の中を見渡して、頬に一筋の汗を伝わせながら琳加が口を開いた。

「お、おい……リツキ。スタジオって普通こんなに立派な場所なのか……？」

そして蓮見もグルグルと目を回す。

「ひ、広いよぉ～、家の中なのに落ち着かない……隅っこにいたい……」

そしてしおりん、あかりん、みほりんも引きつった表情で家の中を見ていた。

「オープンキッチン……オーブンもすごく大きい……海外みたい」

「あ、あそこに5つ並んでるのってもしかして酸素カプセル!?　す、すごく高いんじゃ!?」

「テレビが私の身長くらい大きいよ!?　こ、こんなお家使っていいの？」

……やっぱりそう思っちゃいますよね。

これでも一番地味なスタジオを選んだんだが。

他の場所はバルコニーが付いていたり、オーシャンビューだったり、お城みたいな場所もある。

ここには最新ＡＩロボットとかも無いし、なんとかいけると思ったんだが……。

でも、どうにか気兼ねなく使ってもらいたい。

「な、なぁ……リツキのお父さんの友だちってもしかしてすごくお金持ちなのか……？」

琳加の問いに俺は頷いた。そういうことにでもしておかないと納得してくれないだろう。

もちろん、本当はペルソニアとして音楽で稼いだお金で建てている。

「……琳加、実はそうなんだ。この場所を所有しているのはすごいお金持ちのおじいさんなんだけど、この家も持て余してて。だからぜひとも使って欲しいってお願いされているくらいなんだ」

俺は昨日の夜から考えていた理由を言った。

無縁社会が生んだ孤独な資産家の老人、みんなの頭の中にはきっとそんな人が浮かんでいるだろう。

相手の同情心につけ込むような汚い方法で、俺はこの場所を使ってもらえるよう説得する。

「そ、そうなんだ……じゃあ、使わせてもらっちゃおうかな」

「本当にすごい豪邸だね……いつかこんな場所に住みたいなぁ～」

「で、できるだけ汚さないようにしよう！　設備も使うのはシャワーくらいにしてさ！」

作り話を真に受けたメンバーから遠慮の色が少し薄くなっていった。

俺はここでたたみかける。

「いや、ぜひとも存分に役立てて欲しいって言ってたよ！　大浴場もプールもたまに使わないと設備が壊れちゃうから使って欲しいんだって！」

俺はなんとかしおりんたちが居づらくならないように説明をする。練習とは関係ないところで疲れさせてどうすんだ。

「そ、そっか……じゃあ、少しだけ使わせてもらおっか」

「高そうな物ばかりだし、あまりはしゃいでなにか壊しちゃったら私たち弁償できないかも……あかり、気をつけてね」

「でぇ？　なんで私!?　で、でもそうだね。生活空間はあまり使わずに、その代わりスタジオはいっぱい使わせてもらおう！」

　これだけ言っても遠慮して笑うみんな。

　そんな謙虚なみなさんが大好きです。

　心の中で告白を済ませると、俺も家の中を一通り見回して心の中で大きく安堵のため息を吐く。

（よかった……メンバーの私物は置いてないな。これならバレなさそうだ）

「みんな、ここまで歩いて喉が乾いただろ？　今、飲み物を用意するよ」

　俺はそう言ってリビングの大きな冷蔵庫を開いた。

　中には大量の缶ビールがあった。ベースを担当してる大学生のお姉さん、セレナのだ。

　その隣にはヴィンテージワインも冷やしてある。ギター担当のザイレムのだな。

　そして、一番やばい物が置いてあった。

　プリンだ。

　下に敷いてある紙には『シーナ』とマジックでがっつり名前が書いてある。

　しかも、その紙には書き置きまでツラツラと書かれていた。

〈このプリンを勝手に食べると私はヘソを曲げて練習をしなくなるから注意。シオンは食べていい。でも使い終わったスプーンは私によこすこと〉

(アウトぉぉぉ!!)

俺は心の中で叫ぶ。

「スプーンをよこせ」とかいう椎名のいつもの意味が分からない書き置きはこの際どうでもいい。

『シオン』って思いきり書いてあんじゃねぇか!

結局、ちゃんと私物を置かないでいたのはゼノンだけかよ!

俺は椎名の書き置き握りつぶしてポケットに突っ込むと未開封の水のボトルを人数分取り出した。これは練習スタジオに持っていくためにハウスキーパーさんによって常に冷蔵庫に補充されている。

「れ、冷蔵庫にはお酒とか入ってたけど気にしないで! プリンは食べていいから!」

「分かった! もともと置いてある物にはあまり触らないようにするね!」

俺が水のボトルを手渡すと、しおりんは笑顔で受け取った。

「あかり、お酒は飲んじゃダメだよ。プリンは食べていいから」

「でぇぇ!? だから、なんで美穂は私を注意するの!? の、飲まないよぉ……プリンは食べたいけど……」

みほりんが人差し指を振りながらあかりんを注意する様子を見てみんなで笑った。

やばいな、もうアイドルってだけでどんなやりとりも輝いて見える。これ、無料で見ていいやつなの？

「それじゃあ、練習スタジオに行こうか！」

実際にレッスンをする場所を確認するため、俺はみんなを地下へと案内した。

ペルソニアのメンバーが練習で使うバンド用のスタジオにはドラム、ピアノ、ギターやベースなどが綺麗にしまわれている。

その隣に一応設けられていたダンススタジオの扉を開けた。メンバーの一人がなんかノリで注文した部屋だ。

床は滑らかな木材、足に負荷がかかりにくいクッション性の高い素材を使用しているらしい。

まぁ、俺たちはダンスなんてしないからこの部屋はほとんど使ったことないんだけどね。

しおりんたちはそんなダンススタジオを見て目を輝かせていた。

「すっごーい！　鏡も床もピカピカ、しかもすごく広い！」

「スピーカーも大きいね！　音質もすごくよさそう！」

「ここにも大きなモニターがある！　映像を見ながらいっぱい練習できるね！」

そう言ってキラキラした瞳で元気いっぱいなあかりんが部屋中を駆け回る。

やべぇな、今俺の目の前で推しが駆け回ってるんだが。

そんな様子を見ながら、俺もひとまず蓮見から預かっているカバンを小机の上に置いた。

「リツキ、よく頑張ったな。肩は疲れてないか？　女の子のカバンを持ってあげるなんて、すごく男らしくてキュンとしたぞ」

「いや琳加……こんなの普通のことだからな？」

ただカバンを持っただけで琳加のこの保護者っぷりである。

スーパーでお母さんの買い物袋を持ってあげて褒められている小学生の気分だ。

今まで対等な友だちがいなかったせいもあるだろうが、琳加は自分が気を使うときは気にもさせないくせに、人の気遣いには敏感だ。

そして、そもそも女装の件のせいで俺のことをか弱い生物として見ている。

これ以上舐められてしまわないように俺も男らしいところを見せて挽回しなくては……！

「——ところで、蓮見がかかえてきたこの重いカバンにはなにが入ってるんだ？」

「うん、私もなにかできないかと思って……こんなにすごいスタジオを見たあとだと出すのも恥ずかしいんだけど……」

そう言って、蓮見はカバンからダンスや歌の教本を取り出していった。

それを見て、しおりんたちは瞳を輝かせる。

「こ、これ私たちのために選んでくれたの!?」

「映像ディスクもついてる！　これならあのモニターを見ながら勉強できるね！」

「ありがとう！　あっ、お金はちゃんと払うからね！」

3人に詰め寄られた蓮見は恥ずかしそうに顔をカバンで隠しながら小さな声で反応する。

「お、お金より握手がいいな……そ、そっちのほうが嬉しいから」

蓮見はオタクとして100点満点の回答をした。

「「蓮見さん、可愛い……！」」

しおりんたち3人はそんな蓮見を見て声を合わせる。

全力で返礼することを決めたのだろう3人は、蓮見にハグをしてサインをあげて、お金もちゃんと支払っていた。

サイン、俺も欲しいな……。

シオンのサインと交換じゃダメかな……。

◇　◇　◇

スタジオのスピーカーから聞き慣れた音楽が流れる。

更衣室で練習着に着替えたシンクロにシティはその音楽に合わせて楽しそうに踊る。

俺たちは邪魔にならないように後ろで見学させてもらっていた。

やべぇ、推しが髪を後ろでまとめてジャージにTシャツ姿で踊ってる……。

アイドルのラフな格好に蓮見と共に興奮しつつ、サイリウムの代わりに隣のスタジオにあったドラムのスティックを振って応援していた。ちなみに椎名にバレたら普通に怒られると思う。

みんなで練習を見ていたら、琳加がおもむろに立ち上がった。

「リツキ、外に出てくる。ちょっと私にはスタジオの音が大きいみたいだ」

そう言ってスタジオを出た琳加が心配になり、俺は蓮見に言う。

「ちょっと琳加の様子を見てくる」

「う、うん！　お願い！」

後を追って俺もスタジオを出た。

1階に上がったところで追いつくと、琳加の腕を掴んで耳元で囁く。

「琳加、2階にベッドがあるんだ。俺と一緒に行こう」

俺がそう言うと、琳加は顔を赤くした。

そして、なにやら取り乱して俺の言葉に反応する。

「そ、そそ、そんな!?　いいのか!?　みんなが一生懸命練習してるのに私だけそんないい思いをして！」

遠慮がちな琳加はそんなことを言って断ろうとしていた。

だが俺は引かない、琳加が逃げないように腕を引いて身体を引き寄せた。

「いいんだ。琳加だっていつも頑張ってるだろ。安心してくれ、気持ちよさは保証する」

俺の言葉に琳加は戸惑う様子を見せつつも期待するような眼差しを向ける。

「で、でも急すぎるというか……い、嫌って訳じゃないんだぞ！　むしろすごく嬉しいんだが――」

「琳加はいつも我慢しすぎなんだ。もっと自分の欲望に正直になれよ」

「リ、リツキ……いいのかな、私、このままリツキにベッドに連れていかれても……」

「いいに決まっているだろ、だって――」

火照ったような表情でこちらを見つめる琳加の手を俺は強く握った。

「琳加が言った『音が頭に響く』のは精神的疲労の証拠だ。琳加は昨日寝てないんだから、練習が終わるまではベッドで寝ていてくれ。寝室まで案内するから。ここのベッドはヒノキでできていて、マットレスも高反発でリラックスできるんだ。絶対に気持ちよく寝れるぞ！」

「――へ？」

俺の説明を琳加はポカーンとした表情で聞く。

琳加はすごく気を使う性格だ。ここに来る途中もしおりんたちに変な奴が寄ってこないか周囲を警戒し続けてくれた。

今も顔を真っ赤にして汗をかいているし、疲れているはずだ。

「あぁ、そのままだと寝にくいならタンスに寝間着も入ってるから使っていいぞ。もちろんシャワーもな。寝間着は帰る時にカゴに入れておけばハウスキーパーさんが洗ってくれるからな」

俺が得意げにそう言うと、琳加はなぜだかがっくりと頭を落とした。

「そ、そうか……じゃあお言葉に甘えさせてもらおうかな……」

◇◇◇

「——よし、今日はここまでにしよっか！」

3人の集中力が切れてきたかなと俺が思ったとき、朝宮さんが手を叩いてそう言った。

あまり暗くなると危ないし、無理もよくない。

そもそも、朝宮さんも琳加と朝まで電話で話をしてて寝不足のはずだし。

「ちょっと待ってくれ」

そう言って俺はリモコンを操作すると、ダンススタジオのモニターを点けた。

さっきまで踊っていたしおりんたちの姿が正面から映像として映し出される。

「そこの正面の場所にビデオカメラがあるんだ。これもダンスを見直す時に使ってくれ」

「わわ、すごい！　って、普通はビデオカメラに撮って練習するよね……私たち、はしゃぎすぎて撮るの忘れちゃってた」

そう言って笑顔で笑い合うしおりんたち、可愛い。

「須田君、隠し撮りしてたんだね……さすが」

蓮見はそう言って全然嬉しくない尊敬の眼差しを俺に向ける。練習が始まっちゃったから言うタイミングを失っただけなんだけど、確かに隠し撮りか。

「つ、次から撮影する時は言ってね……恥ずかしいから……」

そう言ってみほりんが困り顔で笑う。

あっ、これちょっと引かれてるわ。

「本当にすみませんでした……」

俺は誠心誠意頭を下げた。

しおりんたちが順番でシャワーを浴びて練習の汗を流している間に、2階で寝ている琳加を起こそうと声をかける。

「琳加～、もう帰るぞ～」

1階からそう呼びかけるも返事はない。どうやら熟睡しているようだ。

「蓮見、起こしに行ってくれるか？」

「ひっ⁉　り、琳加さんって寝起きの機嫌が悪かったりしないかな⁉　私、腹パンされたりしないかな⁉」

「怯えすぎだろ……まぁ気持ちは分からんでもないが。しょうがない、寝顔を勝手に見るのは気が引けるが、俺が起こしに行くか」

琳加に怯えきった蓮見を置いて、俺は琳加を起こすために2階の寝室へ。

「琳加～？　入るぞ？」

ノックをしても返事がなかったので扉を開けて室内へ。

窓際のベッドの上では赤い髪を広げて琳加が眠っていた。

すごく綺麗だった。

琳加は強気なイメージが先行していたけど、寝間着を着て寝ている姿はどこぞのお嬢様のようにも見える。

そんな眠れる美女がなにやら口を開く。

「うへへぇ……リツキィ、舐《な》めてもいい？」

「いや、お前は四六時中俺のことナメてるだろ」

琳加の謎の寝言にツッコミを入れる。

せっかくの美少女だったのに、寝言を言った直後にだらしない表情でよだれも垂らし始めた。

俺はそんな琳加を起こすために肩を揺さぶる。

すると、琳加はゆっくりと薄目を開けていった。

そして、俺を確認すると驚いたように目を見開いて身体を起こす。

「リツキ!?　それにベッド……！　わ、私ついにリツキと一晩を――」

「一晩は越してないぞ、今は夕方だ。寝ぼけてないで帰るぞ」

「……あっ、そっか。私、ただ単に仮眠させてもらってたんだった……」

琳加が寝間着から着替えて2階から下りてくると同時に、しおりんたちも帰る準備ができたのでみんなで家を出た。

◇　◇　◇

地元の駅に戻ると、しおりんたちの帰る方向は俺、琳加、蓮見の3人と別だったのでその場で解散することになった。

まだ暗くもなっていないから俺が送っていく必要もないだろう。

「次回からしおりんたちはあのスタジオは勝手に使っていいからな」

「な、なんだか悪い気がするね……須藤君が知らない間にも使っちゃうなんて」

あかりんがそう言うと、しおりんが手を叩いた。

「そうだ！　Ｚｅｌｙ《ゼリー》をお互いに登録しようよ！　そうすれば私たちがいつスタジオを使って

いるか分かるよ！」

「Ｚｅｌｙ？」

俺は聞いたことのない言葉に首をひねる。

なんか美味しそうな名前だ。

「位置情報を共有できるスマホアプリだよ！　お互いに登録しておけば今どこにいるかが分かるの！」

「クラスの女の子たちとも共有してるし、須藤君たちとも共有しよう！」

「あっ、もちろんオバケモードっていって、場所を相手に知らせない機能もあるからね！」

知らなかった、そんなリア充御用達アプリがあったなんて……。

えっ、大丈夫なのこれ？

いよいよストーカーにならない？

そんなことを思いつつも、確かにスタジオを使っている時間が分かるのは便利そうなので俺もアプリをダウンロードして登録させてもらった。

「ふふふ、これでリツキがどこにいるかいつでも分かるな」

「ふふふ、これで須田くんがどこにいるかいつでも分かる……」

「ふふふ、これで琳加様がどこにいるかいつでも分かるわ」

3人が同時になにやら同じようなことを呟いた。

というか、そうだ。こんなのオンにしてたら俺がシオンだっていつかバレちまうよな。シオンとして仕事をしている時はオバケモードにしておこう……。

「みんな、本当にありがとう！　いっぱい練習して、2ヶ月後の単独ライブは絶対に成功させるから！」

そう言って3人は俺たちと握手をして、手を振りながら別れを告げた。

「ほら、蓮見。私が車道側を歩くから蓮見は内側を歩いてくれ」

「り、琳加さん……ありがとうございます」

琳加は相変わらずのイケメンっぷりだ。

でもこの辺は道がせまいから俺も後ろからついて行って琳加を背後から見守る。

ストーカーじゃないよ？

「——そ、そういえば須田君はどうやって琳加さんとお友だちになったの？」

3人での帰り道の途中、そんな蓮見の言葉に琳加はため息を吐いて首を振る。

「蓮見、私とリツキは友だちなんかじゃないぞ。もっと深い——」

「琳加っ！」

俺は琳加の腕を摑んで引き寄せた。

直後、車が猛スピードで通過する。

「――ったく、こんなせまい道であんなにスピード出すなよ」

「は、はわわわわ!?」

「わ、悪い琳加！　危ないと思ったからつい乱暴に引っ張っちまった」

思わず抱き寄せる形になってしまった俺は、錯乱状態になっている琳加に気付いて慌てて解放した。

それにしても――やっぱり友だちじゃなかったんですね。

後半はなんか〝不快〟とか言われたし、本当にごめんなさい。

「リ、リツキ……ありがとう。命の恩人だ……」

「いや、俺が引っ張んなくても多分大丈夫だったな。すまん、腕は痛くなかったか？」

「だ、大丈夫だ……心臓のバクバクが収まらんが……」

「驚かせちまったか。あはは、意外と臆病なんだな」

そんな会話をして顔を赤くする琳加の様子を、蓮見がじっくりと見つめていた。

「そ、そっか……私以外にも須田君の人間性に気がついちゃった人がいるんだね」

そんなことをボソリと言って蓮見は残念そうにため息を吐く。

ごめんなさい……ため息が出ちゃうくらい残念な人間性で。

「こ、これはもう手段を選んでる場合じゃないや……私が使える手段をなんでも使って須田君を落とさないと……琳加さんには敵わない……！」

蓮見はなにかを早口でぶつぶつと呟きながら強く拳を握る。

琳加は顔を赤くしたまま、急に静かになってしまった。

なんかよく分からないけど、俺は二人に心を傷つけられたまま帰路についた。

◇◇◇

「みんな～、おっはよ～！」

月曜日、学校に登校してきた朝宮さんは元気に挨拶をする。

よかった、もう無理をしているような様子はない。いつもの朝宮さん、いやそれ以上にキラキラ輝いている。

俺が一人心の中で安堵のため息を吐いていると、朝宮さんは席に座る俺のもとへと一直線に歩いてきた。

そして、机の前でかがむと俺と目線を合わせて微笑む。

「須藤君、本当にありがとう！　あんなに立派なお家に連れて行ってもらえてびっくりしちゃったよ！」

そして、笑顔でそんなことを言い出した。

俺も今まさにびっくりしちゃってるんですけど。

無論、陰キャオタクの俺のもとに学校のアイドル（本物）が来るという事態に周囲はざわめいている。

「シャワーまで借りちゃってごめんね！　やっぱりいっぱい動いて、汗もかいちゃったから！　合鍵ももらっちゃったからいつでもお家に入れるし、これからは自由に行かせてもらうね！」

朝宮さんはなんの悪気もなくそんな話を笑顔で続ける。

まずい、主に内容がまずい。椎名と喋る時のように、とんでもない誤解を生んでしまっている。

周囲の刺すような視線が朝宮さんごしに俺へと集まっていた。

「それで――須藤君は琳加様とはどういうご関係なのかな？」

急に朝宮さんは背筋が凍るような声色で俺に問いかける。

俺は昨日の帰り道で琳加本人から知らされた俺との関係を口に出した。

「と、友だち未満の関係です……」

「そっか♪　よかった、じゃあまたね！」

そう言って朝宮さんは次に蓮見に声をかけにいった。

「お、おい！　今のなんだよ？　なんで朝宮さんが!?」

「し、しかもなんか浮気を疑われてなかったか!?　しかも、相手は琳加ってあの美少女番長の!?」

違うんだよなぁ……。

明らかにしおりんは琳加にベタぼれだ。琳加と関わりのある異性ということでマークされているだけである。

まぁ、俺と琳加は男と女どころか子供と保護者みたいな関係なんだが。

「おい、鬼太郎！　どういうことだよ、なんでお前なんかが朝宮さんと——」

男子の一人が俺をそう怒鳴りつけようとした瞬間、朝宮さんは振り返ってその男子を睨みつけた。

「ちょっと！　須藤君を〝鬼太郎〟だなんて馬鹿にして！　人の名前をちゃんと呼んであげないなんてすごく失礼よ！　ね？　須藤君！」

「……ソウデスネ」

俺の名字を須藤だと信じ切っている朝宮さん。

あっ、これもうダメだわ。

俺はもう須田に戻れねぇわ。

墓まで持っていくやつだわ。

「全く……あっ！　蓮見さんも本とかいっぱい持って来てくれて本当にありがとう！　はすみ

んって呼んでいい？　よかったら一緒にご飯食べようよ！」

朝宮さんが今度は蓮見の席に行ってそんな話をした。

蓮見は俺をチラリと見たあとに、本で恥ずかしそうに顔を隠しながら朝宮さんに答える。

「ごめんなさい、私一緒に食べる友だちがいるから。はすみんって呼んでくれるのは嬉しいよ！　それとあの……朝宮さん、須藤君は〝凛月〟って呼んであげて。そう呼んで欲しいみたい、私も次から名前で呼ぼうと思ってるの」

蓮見は突如、そんなことを提案した。

「そうなんだ、分かった！　凛月か〜、えへへ、男の子の名前を下で呼ぶのってなんだか恥ずかしいね。そうだ、私のことも栞って呼んでよ！」

「えっと……しおりんでいい？」

「おっけー！　はすみん！」

蓮見……お前って奴は……。

俺は蓮見の気遣いに泣きそうになった。

いや、心の中ではマジで泣いた。

せっかくのリア充グループ入りを断ってお前は独りぼっちの椎名との約束を守った……。

しかも、俺の呼び方を名前呼びにすることで名字の間違いも有耶無耶にした……。

蓮見、今度またお店を手伝ってやるからな。

「えへへ、凛月……か。利用しちゃってゴメンねしおりん……」

蓮見は本で口もとを隠してなにかを一人呟いていた。

◇◇◇

しおりんたちにスタジオを貸してから1週間。

俺と蓮見は様子を見るために差し入れを持って彼女たちのいるスタジオへ。

琳加も来る予定だったのだが、テストの点数が悪かったらしく補習で捕まっていた。

よかった、成績まで優秀だったらいよいよ番長らしくないからな。

いや、よくはないけど。

「琳加さん、残念だったね。私のテストの点数を分けてあげられたらよかったんだけど……」

「やめとけ、それは絶対に琳加のためにならん」

テストというものの意義を完全に無くす蓮見の発言にツッコミを入れながら歩いていると、蓮見はなにやらため息を吐いた。

「それにしても本当に意外だったよ。まさか凛月と琳加さんが知り合いだったなんて……琳加さんって藤宮君のことが好きって噂もあったし、てっきり見た目で人を選んでいるのかと思ってたんだけど」

「その噂は悲しき嘘だ。とにかく根が善人だからな。俺みたいな陰キャブサメンでも無碍《むげ》にはできないんだろうな」

俺がそう言うと、蓮見は慌てて首を横に振る。

「そ、そんな！　凛月が陰キャシスコンブサメン根暗オタクだなんて言いすぎだよ！」

「蓮見、それは確かに言いすぎだと思うぞ……」

と言いつつも全て事実であることに心の中で涙を流す。

「でも、そもそも私って凛月の顔をちゃんと見たことないんだよね。メガネ外してみてくれない？」

「やめておけ。俺ですらちゃんと見たくもないんだ」

シオンとつながりかねない俺の素顔を知りたがる蓮見に俺は内心で慌てながら断った。

蓮見は少し残念そうにため息を吐く。

「私は見た目とか気にしないけどな～。同じオタク趣味で、優しければ全然……」

「蓮見、今は生きづらいと思うが、大学に行けばそんな奴もたくさんいるさ」

「凛月だってそうじゃん……私の気持ちを一番に分かってくれる」

「まぁ同じ穴のムジナってやつだな」

「一番分かって欲しい気持ちは分かってくれないけどね」

「蓮見……お前」

俺は蓮見が持っていたコンビニの袋を奪い取った。

さっき二人でコンビニに寄って差し入れを買ったのだ。

「持って欲しいならそう言えよ。いや、気づいてやるのが男の気遣いってやつか」

「……ふふ、やっぱり凛月は全然ダメだなぁ」

「馬鹿野郎、わざとだわざと。これくらいの荷物もたまにはダンベル代わりに持たせてやらないと蓮見の筋力がつかないだろ？」

「……はぁ〜、重かった」

「こいつ……」

わざとらしく腕を回す蓮見を笑う。差し入れはアイスだ、絶対に重くないだろ。

そんな話をしつつ俺たちはスタジオに到着した。

「や、やばいな……アイドルの自宅に来たみたいな気分だ」

「凛月、わ、私変なところ無いかな？　このまましおりんたちに会っても大丈夫かな？」

人に嫌われることを過剰に恐れる蓮見は、そんな事を言いながら顔を近づけてきた。長い前髪がさらりと揺れ、あどけなく可愛い素顔があらわになる。

俺は思わず顔を逸らした。

こんな性格のせいで油断しがちだが、蓮見は超絶美少女だということを思い出す……あぶないあぶない。

「大丈夫だ、どこをどうしようと俺たちはお互いに変だからな」

「た、確かにね！　私たちお揃いで変だもんね！」

俺の言葉になぜか蓮見は嬉しそうな表情をする。褒めてないんだが……？

インターフォンを押すと、「今開けるねー！」という元気な言葉と共に門が開かれた。

◇◇◇

ダンススタジオに入ると、しおりんたちが嬉しそうな笑顔で集まってきた。

以前なら推しアイドルに囲まれて緊張でガチガチになっていただろう。

しかし、もう昔の俺ではない。

彼氏面で颯爽と差し入れを渡して調子でも聞いてやろう。

「こ、ここ、こここれれれ」

「あ！　もしかして差し入れ!?　ありがとう！」

「やったーアイスだ！　嬉しいなぁ！」

震える手でコンビニの袋を差し出すと、受け取ってくれた。

渡す時に、ちょっと手が触れちゃいました、ごめんなさい。

俺たちを見て、しおりんが首をかしげる。

「あれ？　琳加様は……？」

「あいつは補習だそうだ。残念ながら今日は来れない」

「琳加様、勉強が苦手なんですね。そんなところも素敵……！　昨日の夜も電話したら琳加様ったら『眠れないなら眠れるまで私が話してやる』って〜〜」

目をハートにして身体をくねらせながら語り始めるしおりんに、あかりんとみほりんは苦笑いをしていた。

しおりん、もうそこまで琳加に夢中になっているとは……。

この様子だと毎日電話して、その度に琳加が無意識イケメンムーブでしおりんの心を摑んでいるんだろう。琳加としてはいつもどおりに接しているだけのつもりなんだろうが。

しおりんとあかりん、みほりんは嬉しそうに差し入れのアイスキャンディーの袋を開けた。

「はふぅ〜、火照った身体に染み渡る〜！」

「おいしい〜！」

「冷たくて生き返るね〜！」

みんな、細長いアイスキャンディーを咥えて舌で舐め始める。

——あっ、これは絵面《えづら》がマズいかも……。

一瞬そんな馬鹿なことを考えたら、蓮見が顔を赤くして俺に囁いた。

「さ、さすがは凛月……。これを見るためにアイスキャンディーを選んだんだね。えっと、私も一生懸命アイスを舐めるから、よかったら見ててね……？」

「ちっ！　違うぞ蓮見！　これはマジで偶然だ！　別に下心はないから！」

俺が慌てて否定をすると、その声はしおりん達にも聞こえてしまった。

せっかく蓮見がこそこそと小声で囁いてくれてたのに馬鹿過ぎる。

しおりん達三人はお互いがアイスを舐める様子を見て、顔を赤くする。

（あっ、これもう出禁だわ。というかもう一生口きいてもらえなさそう……）

しおりんは顔を赤くしたまま「ゴホンッ！」と咳払いをした。

そして、引きつった笑みを浮かべる。

「り、凛月君……大丈夫、別にそんなよこしまな考えはないって信じてるから！」

しおりんがそう言うと、あかりんも同意して斜め上へと視線を逸しながら口を開く。

「そ、そうだよ凛月君！　わ、私は一体なんのことを言ってるのか分からないなぁ～！」

よかった、許された……。

——あれ？

最近みんな呼び捨てにしてくれてたのに、なんか『君』付けになってる。

「す、須藤君……アイスありがとう。……でも身体が冷えちゃったみたい。冷凍庫に入れておいて、後で食べるね」

みほりんに至っては名字呼びに戻った上にアイスを袋に戻してしまった。

あっ、これ全然許されてないわ。めちゃくちゃ疑われて、距離置かれてるわ。

しおりんたちは美少女アイドルだからそういう目で見てくるファンも少なからずいるんだろう。

もちろん真剣にアイドル活動をしている彼女たちにとって、最も抵抗感のある相手のはずだ。

俺もそういう人間の一人として見られてしまったのかもしれない……。

見た目的にもそんな感じだし……。

――いや、しおりん達は見た目で人を決め付けたりはしない！

今はまだ疑惑ですんでいると信じたい。

ここからちゃんとしおりん達の信頼を勝ち取っていけば問題ないはずだ！

「凛月も男の子だもんね……」

「蓮見、頼む。せめてお前だけは俺のことを信じてくれ……」

蓮見ですら俺が下心から意図的にアイスキャンディーを差し入れしたと考えてしまっていた。

というか、蓮見に関してはエロ本を本屋で探してしまったことを知られているんだから自業自得か……。

蓮見にとっても数少ない友達だし、本をいっぱい買うお客さんだから仕方なく俺とは仲良くしてくれている。

だけど、本当はこんな変態となんか関わりたくないんだろうなぁ……。

「れ、れ、練習の調子はどうですか……？」

蓮見は俺の背中に隠れてしおりんたちの様子を伺った。

同級生なのに敬語になっちゃってるよ。

「すっごくいいよ！　基礎的なことは全部マスターしちゃったみたい！」

メンバーで一番元気なあかりんがそう言うと、ややしっかり者のみほりんがため息を吐いた。

「あかりはすぐ調子にのるんだから……」

「で、でも！　はすみんがくれた本のおかげで本当に私たち踊りにミスが無くなってきたんだよ！　練習のメニューも組めるようになったし！」

それを聞いて、蓮見は嬉しそうに笑う。

「よかった……少しだけでも役に立って――」

蓮見がそう呟く途中で、言葉を止めた。

その視線の先には、ダンススタジオの机の上に無造作に置かれた蓮見の本。どれもこれもがボロボロになっている。

それを見て、蓮見の目から大粒の涙が流れる。

「は、蓮見っ⁉」

一瞬焦ったが、俺も机の上に置かれた本をよく見た。

――そして、ホッと胸を撫で下ろす。

「朝宮さん。あの本は？」

俺はボロボロになっている蓮見の本を指差して、蓮見の様子に狼狽えているしおりんたちにあえて聞いた。

「う、うん。私たち……蓮見さんからもらった本を練習が終わったあとにそれぞれ持ち帰って読むことにしたの」

「大事そうな場所はマーカーを引いて、付箋を張って、交換したらお互いにどこが大切だと思うか、どこがまだできていないかを共有できるから」

「ご、ごめんね……もっと大切に使うべきだったよね？　本……ボロボロになっちゃった」

しおりんたちは蓮見に頭を下げる。

そんなしおりんたちに俺は首を横に振った。

「――違うよ、蓮見は嬉しいんだ。１週間前に自分が渡した本をそんなにボロボロになるまで読み込んでくれて……そうだろ？」

俺がそう言ってハンカチを渡すと、蓮見はそれを受け取って涙を拭きながら頷いた。

「ご、ごめんね。私、変だから……こんなことくらいで感動しちゃって」

「蓮見、お前が変なのは認めるがその涙は変じゃない。なんか俺も感動したし……」

「それじゃ、変かどうか分からないじゃん……凛月も変なんだから……」

蓮見はそう言って涙を流しながら笑った。

しおりんたちも大きくため息を吐く。

「よ、よかった〜。はすみんを悲しませちゃったのかと思ったよ〜」

「そ、そんなことないよっ！　正直、全く読んでもらえないことだって覚悟してたし……」

蓮見がそう言うと、みほりんとあかりんは蓮見の手を握った。

「動画とかでも勉強はできるけど、いろいろと目移りしちゃうから……私たちには教本が合ってたみたい」

「ＹｕＴｕｂｅとかだとつい別のも見ちゃうからね……。他のアイドルを見たら気が散っちゃうし、あはは」

そう言って、しおりんたちは笑いあった。

「でも……正直トレーナーさんは必要になってきたかも」

「トレーナーが？」

俺が聞き返すと、みほりんが頷く。

「うん。カルデアミュージックのスタジオを借りたら歌と踊りはトレーナーさんが教えてくれていたから。あっ、いつでもお願いできるわけじゃないんだけどね！」

「本当は振り付けも新しくしたいんだ～」

「でも本のおかげでダンスや歌の基礎は再確認できたし、ビデオを見返して動きも揃うようになってきたよ！」

「そうだね、もうかなりよくなったと思う！」

しおりんたちは少し悩みをこぼしつつも自信がついたようでみんなでハイタッチをした。

「そうだ！　私たちの歌と踊りを1回通して練習したのがあるからよかったら見て！」

そう言ってモニターを点けると、俺と蓮見に練習の動画を見せてくれた。

いつも聴いてる歌と踊り。でも、今は楽しむために聴くんじゃない。彼女たちの練習の様子を見せてもらうために聴くんだ。

改めて気合いを入れて、彼女たちのパフォーマンスに集中する。

「……少し声が高いな」

俺は無意識に呟いた。

「——えっ？」

「あかりんの元の声が高いから、歌声もキーが高くなっちゃってるんだ。しおりんとみほりんはそれに合わせようと無理な声を出してる。その結果、強弱や発声方法に乱れが生じてるんだ」

俺はそう言ってリモコンを摑むと動画を巻き戻す。そして動画の途中、サビの盛り上がりをもう一度再生して見せた。

そして話の続きをする。

「踊りながら歌うなんてすごく大変なことだ。息も乱れるし、ただでさえ歌のユニティ《統一感》が崩れやすい。ここはまとまりを意識して、一度抑え気味で全体を通してみたほうがいい。それで体力が残るようなら後半で出し切るんだ。いつも一生懸命な姿勢はしおりんたちらしくて素晴らしいが、バテてしまったら元も子もない。ファンの印象に残りやすいのは最初と最後だ、最後にはしおりんたちのとびきりの笑顔を見せてあげないと——」

そこまで語ったところで俺は我に返った。みんなが驚いた表情で俺を見ている。

「——なんて……ただのファンの意見なんだけど」

完全なイキリボーカルトレーナーと化した俺は冷や汗をダラダラと流す。アイドルに関しては俺は素人なんだから、意見なんかできないはずだ。

なのに、ついシオンの癖で偉そうなことを……。

しかし、しおりんたちは顔を見合わせると笑った。

「す、すごいね！　私たちこれで満足しちゃってた！」

「意識はしてなかったけど聴き直すとよく分かるね！　私と美穂は自然な声じゃなくて上《うわ》ずっちゃってる感じがする！」

「ファンがどこに注目するかなんてぜんぜん考えてなかったよ！」

そう言って３人とも飛び跳ねながら喜んだ。

普通、素人にこんなこと言われたら嫌だと思うんだけど、天使かな？

「そ、そうか……よかった！」

なんとなく役に立ったような気がして、俺はホッと胸をなでおろした。

一応俺も歌手だし、音の乱れには敏感だ。少なくともそこを直せばもっとよくはなるだろう。

「凛月、すごく教えるの上手いね。指摘するだけじゃなくていろいろと気を配って話してた」

そう言って蓮見は顔を赤くしながら俺の事を見た。

「ま、まぁ、オタクだからな。好きなアイドルのことはよく分かるんだ」

俺はそんな言葉で誤魔化す。

「よかったら、今後も私たちにアドバイスもらえないかな？　練習の映像を渡すから！」

「れ、練習の映像を!?　もらっていいのか？」

思わぬプレミアムグッズの獲得に俺は胸を震わせる。

自分がオタクすぎて引く。

「うん！　凛月のことすごく信頼してるから大丈夫だよ！」

「あ、悪用はしないでね！　私も凛月君を信じてるから！」

あかりんとみほりんも許可をくれた。

なにげに呼び方も全員一段階ずつ好感度が上がっている。

どうやら、さっきの俺のイキリボーカル指導が彼女たちには本当に好意的に映っていたみたいだ。

「わ、分かった！　俺もできるだけかぎりのことをするよ！」

動画にまんまと釣られた俺はしおりんたちに約束をする。

いや、これはアドバイスのためで決して俺が見て楽しむためじゃないからね！

その後の練習も見学し、ところどころ歌についてアドバイスをする。

蓮見は俺の意外な能力に驚きつつもなんだかボーッとしたような表情で顔を赤くしながら俺を見ていた。

歌うときの口と喉をどう使っているかをよく見ようとしてしおりんに近づくと、蓮見は急に慌てたように休憩を提案した。

——危なかった、レッスンに夢中になってたけど女の子の口元をじっくり見るってなかなかアウトだよな。

蓮見は俺が気持ち悪がられる前に制止してくれたんだろう。

「れ、練習の邪魔をしてごめんね……。ほ、ほら！　無理はダメだからっ！」

「蓮見、ありがとな……」

気を使える蓮見は言葉を濁してくれる。

その後、なにやら反省するようなため息を吐いていたが……。

そして帰るころには約束どおり、練習動画をお土産として手にしたのだった。

◇◇◇

その夜、俺は部屋で一人考えていた。

歌は俺が教えればとりあえずは大丈夫だろう。

それにしても、ダンスのトレーナーか。う〜ん、俺と交流のあるダンスが上手い奴って言ったらあいつくらいしかいないが……頼んでみるか。

俺はシオンの携帯を取り出し、メールを打ち始めた。

〈ダンスを教えて欲しいんだが、頼めるか？〉

送信……返事はない。

まぁ、アイツも有名人だし忙しいんだろう。せめて、動画だけでも見てもらって、アドバイスが欲しかったんだが……。

まぁ、朝起きたら返事が返ってきてるかもしれないしな。

そんな期待を胸に俺は布団に入った。

◇◇◇

「お兄ちゃん……行ってくる……」

「おう、気をつけてな～」

翌朝、今日は土曜日、休日だ。

あかねは友だちと遊びに行くらしい。

俺は悲しそうな表情のあかねを玄関で見送っている。

あかねは「断りきれなかった」とか言っているが、そもそも友だちに誘われるだけかなり贅沢な立場にいるということを理解して欲しい。

今日遊ぶ中に男友だちがいないか5回くらい聞いちゃってごめんね。

「お兄ちゃんは今日、バンドの練習もお休みなんでしょ？」

「あぁ、家でダラダラ過ごすつもりだ。自宅警備は任せろ」

「うぅ……私も一緒にいたかった」

あかねはそんなことを言って本気で悲しんでいる。

昔っからこいつ家が大好きなんだよな。だいたい俺の隣で漫画読んでるだけなんだが……滅茶苦茶幸せそうな表情で。

リア充の素質は全て持ち合わせているのに、俺の引きこもり体質が遺伝してしまっているようでなんだか申し訳ない。

（よし、あかねも行ったし、しおりんたちの練習でも考えるかぁ。それにしても、ダンスのトレーナーはどうするか……）

その時、家のインターホンが鳴った。こんな朝早くに誰だ？

そしてその誰かは、俺が鍵をかけ損ねた扉を勝手に開ける。

『自宅警備は任せろ』とか言いつつこのざまである。

まぶしい朝日の中にはサングラスをかけた筋肉質な青年が立っていた。彼はサングラスを指で上げると爽やかに微笑んで綺麗な白い歯を見せる。

「よう兄弟！　ダンスを教えに来たぜ！」

驚く俺の耳に、居間のテレビから流れるエンタメニュースの音が入ってきた。

〝――日本が誇る大人気パフォーマーL・ドラゴン、通称エルドラが率いるグループG．G．ドラゴンのアメリカツアーは明後日が最終日です〟

「エ、エルドラ⁉　どうして日本《こ こ》にいるんだよ⁉」

「そりゃ、ついに兄弟がダンスに興味を持ってくれたんだ。あのメールを見た瞬間にジェット機をチャーターしてアメリカを飛び立ったのさ」

とんでもないことをサラリと言い出すエルドラに俺は開いた口が塞がらなくなる。

「お前、アメリカツアーの途中だろ⁉」

「あぁ、だからダンスを教えたら急いで帰るとするよ」

「動画とかで教えてくれればよかったじゃんか！」

「馬鹿野郎、寂しいこと言うなよ兄弟。少しの間でもこうやって会いたかったんじゃねぇか」
G．G．ドラゴン、日本の国内外で活躍するパフォーマー集団だ。
歌も踊りもお手の物、現在はアメリカツアーの真っ最中。

そんなグループのリーダー、エルドラが俺の目の前にいた。

俺は昔、彼とライブで何度か共演したことがあり、今でもたまに連絡を取り合っている。彼は日本人とアメリカ人の子どもなこともあって、自分でG．G．ドラゴンを作る前から両国で活動しているパフォーマンスグループに所属していた。今ではお互いに人気アーティストだ。

「はぁ……ちゃんと説明しなかった俺も悪いが、踊りを教えて欲しいのは俺じゃなくてとある駆け出しアイドルグループなんだ」

俺があきれつつそう説明すると、エルドラは笑う。

「おぉ、なんだ！　兄弟はアイドルプロデュースにまで手を出したのか？」

「まぁなりゆきでな。て、手は出してないぞ!?」

「兄弟ならむしろアイドルのほうが手を出して欲しいくらいだろ！」

そんなことを言ってエルドラが大笑いした。えっ、なにそれ怖い……アメリカンジョーク？

「任せろ！　昔、俺が悩んでる時に助けてくれたのはお前だ。その経験が今の俺の原動力になってるんだ。そんな兄弟の頼みなら俺は喜んで協力するぜ」

「あぁ、飯を奢ったんだっけか。あんまり覚えてないけど……」

「おいおい酷いぜ、俺はその時にかけてくれた言葉がキッカケで独立したっていうのによ～。こうして、今の俺があるのは兄弟のおかげだぜ？」

「い、いちいち大げさだなぁ」

「……大げさなもんか。あのままだったら、俺はダンスが嫌いになって潰れてた。お前に救われたんだよ……本当に……」

急に真剣な声でそう言うと、エルドラはまた大笑いして俺の肩を叩いた。

えぇ……、情緒が怖いんですけど。

俺はそんなエルドラを居間へと通して、しおりんたちの練習動画が入っているＵＳＢメモリを持ってきた。

◇　◇　◇

「どうだ？」

動画をひと通り見てもらって、俺は尋ねる。

エルドラは顎に手を当てて終始興味深そうに見ていた。

「うん、すごく丁寧だな！　一つひとつの動作を確認しながら踊ってる。この子たち、まだあまり踊りを始めてから長くないみたいだし、このやり方で一つずつこなしていけば絶対に上手くなるな！」

「今までは全然揃わなかったんだが、教本を読んでそれに付いているＤＶＤを参考にして勉強したらしい」

俺はしおりんたちのダンス経歴を大雑把に説明する。

「なるほど！　最初に実践から入って、改めて基礎を確認した感じだな！　ふむふむ、見たところ参考にした教本も優秀だな」

「そんなことまで分かるのか……？」

「あぁ、彼女たちは本を読み込んでかなり素直に従って踊っているからな。世の中にはエセ教本や質の悪い本も溢れかえっているんだが、これは当たりだ」

さすがは蓮見だ。きっと口コミや評判を一生懸命リサーチして、間違いがない本をしおりん達に渡したんだろう。

あいつの見えない努力が評価されていると思うと、関係のない俺まで嬉しくなる。

エルドラのこんな言葉を聞いたらあいつはまた泣いちゃいそうだな……泣かすけど。

「よし、兄弟！　この子たち一人ひとりの名前を教えてくれ！」

「左からあかりん、しおりん、みほりんだ。ちなみに本番の単独ライブは1ヶ月半後くらいなんだが、できるだけよくしてあげたい」

自分で言いながら少し無茶かと思ったが、エルドラは胸を叩いて笑った。

「分かった！　俺が彼女たちのレベルに合わせて最新の流行りも取り入れたクールでキュートな振り付けを考えてやるぜ！　そんなに難しくはないから、すぐに覚えられるだろう！　兄弟、庭を借りるぞ、俺が動画で教えてやる」

そう言って、エルドラはひと通り曲に合わせた振り付けの教材一式を俺と協力して作成した。

俺んちの庭で撮影した動画ではエルドラだと分からないように顔はキャップとスカーフで隠していた。完全に外国人ギャングだ、素顔もイカツイけど。まぁ、正体がバレるほうがやばいからね。

終わった直後、見計らったかのように今度はスーツ姿の男が俺んちに現れてエルドラを捕まえた。どうやらマネージャーらしい……やっぱり勝手に来たのかよ。

最後に俺と別れのハグだけすると、首根っこを摑まれてエルドラは連れて行かれた。

完全にエルドラを捕まえられるという理由で雇われているのだろう、マネージャーはエルドラよりもさらに屈強そうな外国人だった。

◇◇◇

「——えっと、今までは全員で同じ動きを合わせるだけだった振り付けに、少し変化をつけることでさらにドラマティックなダンスになるらしい」

次の日。

俺はエルドラの指示通りにしおりんたちにダンスを教える。しおりんたちには、〝知り合いのダンス講師〟と説明をした。実際には彼は今、アメリカの劇場を超満員にしているんですけどね。

「だ、大丈夫かな？　私たち、動きを合わせるだけでも苦労したのに……」

「あぁ、エル——そのダンス講師にもしおりんたちの踊りを見てもらったんだが、どうやら一人ひとり踊り方に癖があって、それを利用して動きで上手くまとめれば比べものにならないくらいいいダンスになる……らしいぞ」

そう言って俺はメモを読み上げる。

「あかりんは少し動きが速くなりがちだが全体的にキレがあり、特にターンが上手い。みほりんは少しゆっくりだが一つひとつの動き、特に手の振りが指の先まで綺麗だ。しおりんはそんな二人の動きをよく見てちょうど真ん中くらいのテンポを維持していて、全体的に安定感がある」

しおりんたちは「へ～！」と感心したように声を出した。

いや、まじですげぇよなこいつ。１回しか動画見てなかったぞ。

「苦手なところを克服するのは時間がかかるし、なによりやってて楽しくない。だから君たちの長所や癖を上手く取り入れたダンスを俺様が考案した」

なんか偉そうだなとか思いつつ、俺はエルドラが書いたメモの読み上げを続けた。

「短所は裏を返せば長所にもなる。それは個性《オリジナリティ》だ、君たちの個性《オリジナリティ》を見せつけて、観客《オーディエンス》を沸かせてや――」

そこまで読んで俺は紙を握りつぶした。

俺が昔、エルドラに言った言葉じゃねぇか！　こいつ……俺の黒歴史を……。あの頃は人気が出てきて本当に調子乗ってたから……！

なんかエルドラがダンスで失敗して落ち込んでる感じだったから、当時の俺が偉そうに飯を奢ってこんなこと言ってるけど、普通に俺のほうが年下だし、未来の世界的ダンサーになに言ってるのって感じだわ。

その後、「俺は俺の個性を活かす!」とか言って数日後にグループを抜けてたけど……。もしかしてエルドラの独立って俺のこのイキリ言葉のせい?

「短所は長所になる……すごい、そんなこと考えもしなかった!」

「この講師の人、すごく私たちを尊重してくれているんだね!」

「今まで、短所は『直せ』としか言われなかったからすごく気が楽になった!」

そしてしおりんたちが追い打ちをかける。

すみません、それはリアルで実年齢も中二病だった俺のセリフです。もう今夜は恥ずかしくて眠れそうにない。

「えっと、じゃあ実際に動画を見てみようか」

そう言って、ダンススタジオのモニターでエルドラの振り付け動画を再生する。

俺の家の庭が映ってなんか滅茶苦茶恥ずかしかった。

◇◇◇

動画を見終わると、３人は今まで見たこともないエルドラの世界レベルのダンスに圧倒されていた。

「すっご〜い! こんな踊り見たことないよ!」

「時代を先どっている感じ！　絶対に人気出る！　大ブームが起こっちゃいそう！」

「す、すごすぎる……。アイドルの踊りの枠を少し越えてるレベルのような――で、でも、それぞれ私たちの得意な動き！　これならできそう！」

アメリカではエルドラが踊ってすでに流行り始めている振り付けらしいが、日本ではまだだ。

つまり、しおりんたちが最初ということになる。

しかも〝本人公認〟の。

それに加えて、エルドラはしおりんたちでも踊れるように難易度を下げつつもキュートになるアレンジをしている。

こんなの、正式に依頼してたら何千万円ものお金がかかるな……。

「身体がすごい筋肉質でイカツイ人だったけど、分かりやすかったね！」

「そ、そうだね。ストリート・ギャングみたいだったけど……襲われたらひとたまりもないや」

うん、俺もそれは少し怖い。

エルドラはアメリカ人の距離感だからボディータッチとか滅茶苦茶激しいし。気をつけないと吹っ飛ばされる。

「この人が凛月の友だちなんだね……み、見た目でこんなこと言っちゃダメだと思うけど、悪い人じゃないよね……？」

しおりんは俺に恐る恐る聞く。

そんな様子に俺はつい笑った。

「大丈夫だよ。顔を出せないくらいシャイなんだ。悪い奴じゃないよ」

俺が笑うと、しおりんたちもホッとしたような表情を見せた。

美少女アイドルということで、もしかしたら事務所のイジメ以外でも過去に怖い思いをしたのかもしれない。特に多感な高校生という時期だ、男の人に少し恐怖心を持っていてもおかしくはないだろう。

琳加は逆に警戒心がなさすぎるし、しおりんたちくらい警戒していたほうがよさそうだ。

「も、もちろん私は信頼してたよっ!?　だって凛月の友だちだもんね！　いい人に決まってるよ！」

「あっ、ズルい！　あかりだって少しびっくりしてたじゃない！」

「二人共、人を疑っちゃダメ。須藤君を信頼しなくちゃ」

「美穂が一番怖がってたじゃない！　意外と調子いいんだから……もちろん、私たちはここまでしてくれた凛月を信頼してるよ！　私たち、友だちだもんね！」

そう言って三人はキラキラした瞳で俺を見つめる。

普段の俺なら天国にでも来てしまったのかと錯覚して気を失ってしまっていただろう。

しかし、彼女たちの練習を手助けする間に俺に対してここまで気を許して信頼してくれるようになったのが純粋に嬉しかった。

ファンではなくパートナーとして、友だちとして、この信頼を裏切るようなことを、俺は絶対にしない。

「よし、じゃあみんなで頑張って練習しよう！」

「おー！」

しおりんたちは元気よく拳を突き上げた。

◇　◇　◇

シンクロにシティ初めての単独ライブ、『シンクロ！』まで後1週間。

しおりんたちはカルデアミュージックのイベントに出演していた。

カルデアミュージック所属のアイドルたちが次々にパフォーマンスをしては、また次のアイドルグループへと交代していく。

俺はシンクロにシティの関係者として琳加や蓮見と共にアイドルたちが控える楽屋に入れてもらっていた。

「しおりんたちの出番はそろそろか」

俺がそう呟くと、しおりんたちは頷いた。

「みんなのおかげで歌も踊りもバッチリだよ！」

「生まれ変わった私たちを早くみんなに見せたいな！」

やる気十分のしおりんたちを見て、琳加は頭をかいた。

「あはは、私はあまり力になれなかったけどな……テストの点数が悪かったせいで補習ばっかり受けてたし……」

「そんなとんでもないです！　琳加様は私が電話したらいつも話を聞いてくれましたし、そもそも今回の件も琳加様が強がる私の悩みを見抜いてくださったんじゃないですか！　今思い出しても本当に素敵でした！」

瞳を輝かせるしおりんに琳加は複雑な表情をする。

やっぱり琳加はしおりんのことが少し苦手みたいだ。

「えっと、言いそびれていたが。そもそもしおりんの異変に気がついたのは私じゃなくて――」

「しおり、そろそろ出番だよ！」

みほりんの言葉でしおりんたちは立ち上がる。

「それじゃ、私たちそろそろ準備してくるね！」

「が、頑張って……！」

「うん！」

蓮見が小さな声で応援すると、しおりんたちはピースサインで応える。そして、しおりんたちは楽屋から舞台裏へと移動していった。

俺たちもしおりんたちを見送ると楽屋から出ようとする。

ちょうどその時、アイドルたちが一斉に立ち上がり、入り口に集まる。

「花見さん、ようこそいらっしゃいました！」

そう言ってアイドルたちが挨拶するのは、コートを羽織り、颯爽と歩く彼女——花見瀬名。カルデアミュージックが誇る歌姫で、しおりんたちに嫌がらせを指示している本人だ。

……おかしい、今日のイベントの出演はアイドルだけのはずだ。カルデアミュージックの看板歌手である花見の出演予定はない。

入り口を塞がれてしまっているので俺たちはそんな出迎えの様子を立ったまま端で見ていた。

「みなさん、お疲れ様。それで、あの子たちにはちゃんとやってくれているのかしら？」

「はい！　シンクロにシティには今日までずっと練習場所を渡していません、今日の公演はボロボロのはずですよ！」

「おーほっほっ！　それは見るのが楽しみですわ！　全く、私が初めてテレビ出演するまでどれだけ大変だったと思っているのかしら。それなのにあの子たちはなんの努力もせずにすぐに人気が出ちゃって……ここで大失敗して大恥をかくがいいわ！」

そう言って花見は再び高笑いをする。

全部喋ってくれたよ、すげぇな……。

「リツキ、アイツが黒幕か……」

「琳加、殴りかかったりしちゃダメだぞ。その時点で俺たちの負けだ」

「すごい……テレビで見る人だぁ……」

「――あら？　一般オタクの方がここに紛れ込んでおられますわよ？」

花見は俺たちの視線に気がついて歩み寄ってきた。

「あっ、いえ。僕たちはシンクロにシティの関係オタクです」

いや、一般オタクと関係オタクってなんだよ。花見の発言につられて謎の言葉を創造してしまった。

「あの子たちの……？　どうりで気品もなにも感じないわけですわ。特に貴方、アイドルのそばにいるんですからもう少し身だしなみを整えなさいな」

そう言って、花見さんは扇子で俺を指した。

当たり前だけど、俺がシオンの時との対応を考えると月とスッポンだ。まぁ、今は髪もセットしてなくてボサボサですからね。さすがに俺も髪にワックスくらいつけて整えたほうがいいのかもしれない。

でも改めて、俺とシオンは全く別の人間に見えるんだという安心感を得る事ができた。

俺にそんな指摘をすると花見はコートだけ楽屋に置いて踵を返す。

「——さて、あの子たちの全く揃わない歌や踊りを客席で笑ってやりますわ！」

そう言って花見さんは出番を終えたアイドルたちを引き連れて客席へと行ってしまった。

◇◇◇

「お待たせいたしました！　次は人気急上昇中のアイドル、シンクロにシティの登場です！」

そして、シンクロにシティの順番がやってきた。

客席からはカルデアミュージックの他のアイドルたちが薄ら笑いを浮かべながらしおりんたちを見ていた。

「みんな～！　お待たせ～！」

元気いっぱいにしおりん、あかりん、みほりんが登場してファンに笑顔を振りまく。

ファンからは応援の声が上がった。

「ふふふ、練習場所もトレーナーも無しに上手くいくわけがありませんわ」

会場の関係者席に座り、花見は笑う。

そんな花見の存在に気がつき、しおりんたちも気合を入れ直すように深呼吸をした。

「……じゃあ、いきまーす！　私たちの代表曲！『コネクト！』」

タイトルコールをすると、しおりん、あかりん、みほりんはそれぞれの立ち位置に着いた。

「……あれ？　始まりの位置がいつもと違いますわね？」

花見がそんなことを呟いた直後、音楽と共に始まる——今までとは全く異なるシンクロにシティのパフォーマンスが。

動きが遅い分見せ方が丁寧なみほりんから順に、しおりんとあかりんもズラしながら合わせてポーズを決めていく。

そして、縦に、横に、縦横無尽に動きつつも一体感を持って観客の視覚に彼女たちの個性を訴えかける。

今までとは全く違う、世界的人気パフォーマー・エルドラ監修の振り付けに観客たちは圧倒されながらも声を張り上げた。

歌も聞き取りやすく、自然な彼女たちの声が出ている。

全力を出しているが、今回の公演は１曲だけだ。バテることなく最後まで演じきることができるだろう。

「新しい振り付け、すごい盛り上がりだな」

「すごい……しおりんたち、すごく上手になってる！」

「あぁ、今までとは全く違う。新しいシンクロにシティだ。これならみんな納得せざるを得ないだろう」

他のアイドルめあての客もしおりんたちの演技に目を奪われているようだった。

客席で公演を見ていた花見は扇子を落とす。

「な……そんな……ありえないわ……」

目を丸くして震えながら、舞台上で舞い、歌う彼女たちを見ていた。

振り付けもエルドラが教えた通り。それぞれの踊りの癖や性格などの個性が全て魅力として引き出されていた。

花見はワナワナと身体を震わせる。

そして、花見の隣で口をぽっかりと開けてしおりんたちの演技に見とれているアイドルたちを怒鳴りつけた。

「どうなってるの⁉　一体どれだけ練習を積めばこんな演技ができるのよ⁉　あいつらには正規のマネージャーは付いてないんでしょ⁉　カルデラのプロデューサーを呼びなさい！　なにかあの子たちに特別なレッスンをしたに違いないわ！」

「は、はい！　すぐに呼びます！」

残念ながら、彼女たちに特別なレッスンをしたのは事務所の人間ではない。それに、ほとんどはしおりんたちの自主的な努力の賜物だ。

（よかった、この様子ならきっと花見さんもシンクロにシティの努力を認めてくれるだろう）

俺はそんなふうに安心しきっていた。

「こんな短期間で……これじゃいずれ私よりも売れてしまいますわ。そうしたら今まで嫌がらせをしてきたぶん仕返しをされてしまいます……絶対に潰さなくてはなりませんわ……」

爪を噛んでなにかを呟く花見の邪悪な瞳に気が付くこともなく……。
◇◇◇
カルデアミュージックのイベントが成功に終わって、俺はニヤケ面のままペルソニアのバンド練習のためにスタジオ入りした。

先に来てドラムの練習をしていた椎名が、そんな俺を見てため息を吐く。

「シオン、ずっとニヤケててキモい……私に関すること以外でそんな顔見せないで……」

「いやいや、お前に関することの出来事が少なすぎるわ。お前のことで悲しむことはいつでもできるが……まず友だちを作れ」

最近、琳加という友だち未満の存在を得て、しおりんたちとも絡み始めることができたので俺は積極的にマウントを取りにいった。

この毒舌ロリっ子少女め、いつも泣かされてばかりだと思うなよ！

まぁ、椎名はお昼ごはんを蓮見と一緒に食べることができている時点で俺の完封負けなんですけどね。くそ、羨ましい……。

「私は別に……シオンがいればいい……」

「おいこら、友だち作りから逃げるな。俺だって頑張ってるんだぞ」

そんなやり取りをしていると、他のメンバーもスタジオにぞくぞくと集まってきた。

「よう！　シオン、オススメされたアイドルたちの曲聞いてきたぜ！」

「あらシーナ、それ以上シオン君に近づかないでね。小学生に絡まれてシオン君が可哀想だわ」

「こんな年増女と一緒に演奏させられてるほうが可哀想」

「――わ、私まだ大学生なんだけど？　確かに大人の色気が出ちゃってるかもしれないけど」

「まぁまぁ、喧嘩しないでくださいよ。だいたいそれでいつも練習が遅れるんじゃないですか」

みんな、挨拶をして各々楽器のチューニングを始める。

他のメンバーたちにもシンクロにシティを布教しまくったので、みんな1週間後の単独ライブを楽しみにしてくれているようだ。

「――よし！　じゃあ今日も気合入れて練習するか！　シンクロにシティに負けないように！」

俺は上機嫌でマイクを握った。

これでしおりんたちの問題は解決。実力も自信もついたことで、今後は胸を張って人気アイドルとして頑張っていくことができるだろう。

「よし、じゃあまずは俺たちの代表曲『ｐｅｒｓｏｎａ《ペルソナ》』からいくぞ！」

俺がそう言うと、メンバーは何やらニヤニヤし始めた。

そして、椎名こと〝シーナ〟がドラムのスティックを叩いて曲の始まりのタイミングを作り出す。

「ワン、ツー、ワン、ツー、スリー」

ギターの前奏が始まる。

そしてピアノ、ベースが続く――ってちょっと待て！

これはシンクロにシティの代表曲『コネクト！』じゃねぇか！

ニヤついていた理由が分かった俺は怪訝《けげん》な顔つきで周囲を見回すが、演奏の手を止めようとする気配はなかった……。

みんな、期待するような表情で演奏を続けながら俺を見る。

くそっ、俺が女性声を出せることを完全に楽しんでやがるな……。

こういうのは恥ずかしがったらこいつらの思うつぼだ。

俺はしおりんの声を真似して、全力で踊った。

◇◇◇

「あー、はっはっ！　最高！　シオン、お前って奴は本当に最高だぜ！」

「ダメ……笑いすぎてお腹痛い……！」

「おい、こんなことの為に『コネクト！』の曲が演奏できるように練習してきたのか？」

俺がため息交じりに言うと、メンバーは力強く頷いた。

「いや～、最高よ！　シオン君って私たちの期待に全力で応えてくれるわよね」

「女性声のシオン……可愛かった……」

「いいものを見ましたね～。録画しておけばよかったです」

これを見たいがためだけに曲を覚えてきてしまったメンバーの謎すぎる意欲に、俺は再度呆れて大きなため息を吐いた。

みんながひとしきり笑って盛り上がったところでメンバーの一人、ゼノンが言う。

「そういえば、思ったんですけどシンクロにシティのライブの日って私たちもその後リハーサルがありますよね」

「確かになぁ。リハーサルも本番のつもりでやるのが俺たちだから、遅れる訳にはいかねぇ」

「大丈夫よ、リハーサルには間に合うわ」

「そうですね、一応確認してみただけです」

「シオン君が好きなアイドルだもの。今のうちに釘を刺して――じゃなくて参考にさせてもらうわ」

楽しみにしてくれているようなみんなの様子に、俺もファンの一人として嬉しくなった。

◇◇◇

ついに、明日がシンクロにシティ初の単独ライブ『シンクロ！』の本番だ。

今日は放課後しおりんたちと合流してスタジオで完成したダンスを見せてもらう約束だ。光栄なことに最終調整に立ち会って欲しいのだという。

琳加はまだ来ておらず、しおりんは他のメンバーを呼びに行ってくれている。

だから、校舎の裏で蓮見と二人で待っていた。

すごく……落ち着きます。

まぁ、こいつの素顔にはドギマギさせられるんですけどね。

「琳加は取り巻きをまく必要があるだろうし、少し遅れるかもな～」

俺の言葉に、蓮見は頷いた。

「そうだね……じ、実はみんなが来る前に凛月に渡しておきたい物があるんだ」

そう言うと、蓮見は顔を真っ赤にしてカバンから紙袋を取り出した。

「い、以前……しおりんたちが私の渡した本を読んでくれたのを見て、私やっぱりその人が本当に求めてる本を渡して読んでもらうのが喜びだって再認識したんだ」

「蓮見……」

「だ、だから……凛月が欲しがっていると思う本を持ってきたんだ。受け取ってくれるかな……？」

素敵すぎる蓮見の行動に俺は心の中で感動し、つい蓮見の手を握る。

すると、蓮見は嬉しそうに口元を緩めた。

「ありがとう！　蓮見が俺に合うと思ってくれた本なんて楽しみだ！　俺もボロボロになるくらい読み込んでやるからな！」

「そ、そう……？　そうだと嬉しいな……凛月が以前欲しがって探してたから」

俺はなにやらどんどんと顔を真っ赤にする蓮見から本が入った紙袋を受け取った。俺が以前欲しがってた本……？　心当たりがありすぎて分からん……。

そして紙袋は結構大きい。

「1冊じゃなくて何冊も入っているのか？」

「う、うん……その……好みに合うかも分からないから」

「なるほど……どういうジャンルなのかは気になるな」

「り、凛月はいつも優しいから！　逆に少し非日常的な刺激を求めてるかと思って！　そういう感じのを選んだんだ！　ごめんね、私その分野には詳しくないから凛月が気に入ってくれるかは分からないんだけど」

刺激が強い……ホラー小説とかかな？　血とかがいっぱい出るやつは苦手なんだが……。

だがしかし！

「蓮見が、俺のことを思って一生懸命悩んで選んでくれた本なんだろ？　俺も一生懸命読むさ！」

そう言うと、蓮見はなにやら恥ずかしそうにカバンで顔を隠す。

「うん、一生懸命選んだ……あっ、でも他の誰かが来る前に早くしまって！　家に帰ってから一人で――」

「お待たせー！」

俺と蓮見が本の受け渡しをしている最中にしおりんたちがやってきた。

そして、なんにでも興味津々なあかりんが俺の持つ紙袋を指差す。

「あっ！　なにその紙袋！」

そんなあかりんに俺は自慢げに紙袋を掲げた。

「蓮見が俺の欲しがっている本を持って来てくれたんだ」

「えぇ～、いいなぁ！」

「り、凛月！　早くカバンにしまって！　それは家に帰ってから一人でゆっくりと読んで！」

突然ものすごく慌てだす蓮見。蓮見は本当に俺以外にはすごい恥ずかしがり屋なんだよな。

そんなことを改めて認識しつつ、俺は紙袋をカバンにしまおうとする。

——ビリッ！

嫌な音が聞こえた瞬間。

紙袋が破けて中の本がしおりんたちの目の前に散乱した。

「あっ、破れちゃったね！　拾ってあげ——ヒッ!?」

俺の本を拾ってくれようとしたしおりんは、顔を青ざめさせて飛び退いた。

俺は散乱した本をよく見る。

『地味っ子、目隠れ美女子特集。自己肯定感の弱い女は押せばヤれる！』

『あの子の弱みを握れ！　クラスの地味な子を脅してヤりたい放題！』

『地味なあの子を無理やり襲ったら実は両思いで……？　特殊シチュ、イチャラブ特集！』

「…………」

朝宮さんたちの前に落ちたのはエロ本だった。しかも、なかなかにバイオレンスな内容が多い。

思わず、全員で固まる。

コレが、蓮見が思う俺の求めている本……？

た、確かに前に1回蓮見にエロ本を探したって言った気が……。

「こ、これってはすみんが持ってきたんだよね？　な、なんでこんな物を……？」

あかりんは動揺を隠せずに問いかけた。

みほりんは耳まで真っ赤にして手で顔を覆い、指の隙間から落ちた本を見つめている。

「あ、あの……そ、それは……」

蓮見は顔を真っ青にして震えだした。呼吸が荒く乱れて、今にも倒れてしまいそうだ。

（マズいな……）

この空気は感じたことがある。

蓮見にとっても俺にとってもトラウマとも言うべき、『冷え切った空気』だ。

楽しい空間を自分が台無しにしてしまったという罪悪感。

そして、変な人間として距離を置かれるという針のむしろ感。

その結果あびせられる視線は返しが付いた鋭い針となって心に突き刺さり、一生忘れることができずに人生を蝕むのだ。

――考える前に俺の口は動いていた。

「俺が……蓮見に持ってこさせたんだ」

「――えっ!?」

俺の言葉にしおりんたちが驚きの目を向ける。

まずは……これでいい。

とにかく蓮見に奇怪な目が向けられないように守る。

せっかく仲良くなれたのに、また自分の行動で避けられてしまうなんて蓮見が耐えられるはずがない。

友達がいない蓮見が学校に来られているのだって本当にギリギリな精神状態なんだ。

後は……必要だ、明確な理由が。

〝これは俺の指示した行動だ〟というハッキリとした証拠が……。

俺は渾身のにやけ顔を作って笑ってみせた。

「あ～あ、周囲にバレないように命令するのが楽しかったのになぁ。これは丈夫な袋を用意しなかった蓮見のせいだぞ？」

愉快そうに話す俺の様子にしおりんたちは戸惑いの表情を浮かべる。

「ど、どういうこと!?　説明して！」

しおりんが頬に一筋の汗を伝わせながら質問した。

その瞳にはすでに俺への敵意が感じられる。

演技を続け、俺はあざ笑いながら答えた。

「蓮見は根暗でコミュ障で友達が俺しかいないからな、嫌われたくなくてなにを言っても断らないんだ。しおりんたちもどうだ？　こいつ、なんでも言うことを聞いてくれるぞ。アイドル活動で溜まったストレスのはけ口にでも――」

――パシンッ！

しおりんが俺の頬をはたいた。

頬に鋭い痛みが走り、メガネがズレる。

「最っ低！　このクズ！」

しおりんは瞳に涙を浮かべてそう言った。

「少し疑ってたけど……本当に変態だったんだね。しかも、無理やりこんなことまでさせて」

いつも笑顔を絶やさないあかりんがゴミを見るような目で俺を睨む。

もう俺のことをファンとしては見ていないのだろう。だからこそできるような表情だった。

「はすみん、もう大丈夫だからね。大丈夫……ゆっくりと呼吸を整えて、もう怖くないから」

みほりんはそう言って気が動転している蓮見を抱きしめる。

俺に脅されて怖がっているとでも思っているみたいだ。

「あ……あ……」

蓮見は口をパクパクと動かすが、言葉になっていなかった。

頭が真っ白なままなんだろう。

だが真実が語られない分、好都合でもあった。

「もうあのスタジオを使うのも怖いわ、なにをされるか分かんない！　シャワーとか使っちゃったのも気持ち悪い！」

投げつけるようにしてしおりんは俺にスタジオのカードキーを突き返す。

その瞳はあかりんと同じように犯罪者でも見るかのように冷たく、軽蔑の念が込められていた。

きっと今までの練習などを通じて俺を信頼してくれていた分、今回の俺の裏切りとも呼べる行動が大きなショックだったのだと思う。

しおりんたちは最後に俺を睨みつけると、蓮見の腕を摑んで連れて行ってしまった。

ちょうどその時、琳加が校舎の裏に来た。

「すまん！　遅れた、もうみんな集まって――」

「琳加様、もうあんなクズに関わっちゃダメです！　行きましょう！」

「お、おい!?　なんだ、どうしたんだ!?」

遅れてきた琳加もしおりんたちに捕えられて連れて行かれる。

とにかく、これでよかった……。

蓮見は俺のためを思って本を選んで持ってきてくれた。

持ってきた本がなんであれ、そんな素敵な想いが新たなトラウマになんてなって欲しくない。

俺はもう嫌われ慣れているから大丈夫だ。

一人寂しくエロ本をカバンに詰めて、俺は家に帰った。

◇◇◇

その日の夜。

今日のことで謝りたいと蓮見から連絡がきた。俺の家に来ようとしている蓮見を説得して俺が蓮見の家へ。夜に出歩かせるなんて危ないからな。

蓮見書店の前に着くと、蓮見が外で俺を待っててくれていた。

「凛月……と、とりあえず私の部屋に来る？」

「こらこら、夜に男を部屋にあげるな。親父さんに殺されちまうよ」

「そ、そうだね……今度、両親がいない時に呼ぶね」

天然な蓮見はそんなことを言う。

いや、心配すべきはそっちじゃないんだが。

そんないつもどおりのようなやり取りを終えると、蓮見の瞳には涙が溜まっていった。

そして、蓮見は俺に深く頭を下げる。

「――ご、ごめんなさい！　私、恥ずかしくて、また誰かに軽蔑されるのが怖くて、なにも言えなかったけど……今度ちゃんとしおりんたちの誤解を解くから……！　あれは私が勝手に持ってきたものだって！」

涙をぽろぽろとこぼす蓮見に俺はハンカチを渡した。

「いや、いいんだ蓮見。お前がよかれと思って、恥をしのんで持ってきてくれたんだろ？　なのに朝宮さんたちの前で本を落としちまった俺の失態だ。蓮見が恥をかく必要はない。それにもともとは俺の身から出たサビだしな」

「で、でも――！」

「リツキ、蓮見！」

そんな話をしていると、寝間着姿の琳加が走ってきた。

俺と蓮見はびっくりして、息を上げている琳加に声をかける。

「琳加、どうしてここに!?」

「Ｚｅｌｙで見たら、二人がここにいたからな。私も急いで来たんだ」

そうか、Ｚｅｌｙは位置情報アプリだ。

俺と蓮見が一緒にいるのを見て今日の事件の事で話し合いをしていると思ったんだろう。

というか、寝間着ってことはもう寝るところだったのか。早いな、まだ20時半だぞ。番長とか言われてるけど、全然不良じゃないな。

琳加は走って上がってしまった息を整えると、やはり聞いてきた。

「今日のことなんだが……朝宮たちに聞いても教えてくれなくてな。とにかく、『もうリツキには関わるな』の一点張りで……どうして喧嘩したんだ?」

「それは――」

理由を話そうとする蓮見を俺は手で制した。

琳加がどう思うのかは分からない。ビンタされたら首の骨が折れるかもしれんが、蓮見が恥をかかないで済むなら首の1本や2本は安いもんだ。

「実は、俺が学校でエロ本を持ってるのが朝宮さんたちに見つかったんだ……」

「んなっ!? エロ本だと!?」

琳加は俺の話を聞くと大声で復唱した。琳加さん……夜なので声は抑えて。

「な、なるほどな……確かにその……びっくりは、するかもな」

琳加は顔を赤くして頬をかいた。てっきり軽蔑されるかと思っていたのに、琳加は意外と落ち着いている。

「――だが私は大丈夫だぞ! そういうのは理解があるからな! お姉ちゃんにも……お、男の子はそういうものだって聞かされているし……そんなことくらいでリツキを嫌いになったりなんてしないぞ！」

琳加はそう言ってくれた。

俺は安心して通話ボタンに指をかけた119の番号の入ったスマホをしまう。ありがとう、まだ見ぬ琳加のお姉さん……でもカツラはもう借りなくても大丈夫です。

「と、ところでだっ！　リツキが持っていたのはどんな内容のエロ本だったんだ⁉　参考に——じゃなくて朝宮がどういうのを見て怒ったのかを知りたくてな」

琳加は鼻息を荒くすると取り調べを始めた。

「あぁ、聞かないほうがいいぞ。かなりハードなやつだ」

なんか脅迫ものが多かったな。蓮見にはそういうのに興味を持ってると思われているんだろうか？　俺はどちらかというと、いつも脅迫されている側なんですが……。

「な、なんだとっ⁉　ハードなやつか……。よ、よしリツキ！　欲求不満で我慢が出来なくなってきたら最初に私に言ってくれよ！　私はなんでもリツキの力になるからな！」

「は、はい……そうします」

きっと琳加に相談するときは俺が引導を渡される時なのだろう。

蓮見の優しい気遣いのせいでド変態の称号を頂いてしまった俺は心の中で泣いた。

◇　◇　◇

シンクロにシティの単独ライブ『シンクロ！』当日。

エロ本事件のせいで完全にしおりんたちに嫌われた俺は呼んでもらえなかったので、一人で勝手にコンサート会場へ。

以前、花見に言われた事を思い出して、プライベートでは俺も髪くらい整えようと思ったがやり方が分からなくてそのままヘアーワックスを持って来てしまった。

今日、メイクさんにやり方を教えてもらおう。いや、それくらいメンバーでもいいか……。

琳加と蓮見は友人として最前列の特別席にご招待だ、羨ましい……。

ペルソニアのメンバーはそれぞれバラバラで会場に来ている。

いつもは覆面とはいえ、まとまっちゃうと背丈とかでバレちゃう可能性もあるからな。

マネージャーの鈴木も呼んでいる。どうせリハーサルにも衣装運びとかでついてくるし。

全員のチケットは俺の奢りだ、これがずっと借りていたスタジオの料金だと思えば安い。

ちなみにあかねは連れてきていない。いや、アイドルのコンサートってめちゃくちゃ危ないからね、立ち見だから動きとかも激しいし。

さらにあかねは世界一可愛いので、連れ去られてしまう可能性もある。俺が守れるくらい強かったらよかったんだが……。

まぁ、あかね本人もあまり来たがってはいなかったな。理由を聞いたら「嫉妬しちゃうから……」だなんて恥ずかしそうにこぼしていた。

だが、「安心しろ、しおりんたちの可愛さに嫉妬なんかしなくてもあかねのほうが可愛いよ」って言ったら怒って自分の部屋に戻ってしまった。

謝ろうとこっそりと部屋の中を覗き見たら何やら布団に顔を埋めて足をバタバタさせていた。

あまりにも怒っていると感じた俺はとりあえずほとぼりが冷めるまで待つことにして、家を出発したのだ。決して逃げたわけではない。

入り口でチケットを出して、会場の中へ。

席などはなく全員立ち見なので、基本的にはみんな前に集まるんだけど俺はしおりんたちに嫌われているので後ろのほうから見ることにした。

腕を組んで壁にもたれかかってプロデューサー面でステージを見る。

ふん、俺の育てたしおりんたちも立派になったな。

……やべぇな、自分に殺意が湧いてきた。

そんな馬鹿げたことを考えながら待っていたら、会場も混み合ってきた。１０００人は収容できるライブハウスがどんどん狭くなっていく。

チケットは完売らしいし、さらにファンが増えたみたいだ。この前の公演で他のアイドルのファンもシンクロにシティに興味を持ったのかもしれない。

ファンが増えるのは嬉しいが、なんだか寂しい気もするなぁ……。

ペルソニアのファンもこんな気持ちだったのだろうか。

そんなふうにいろいろ考えていたら、まだ始まらないことに違和感を感じスマホで時刻を確認する。

——おかしい、すでに始まっていてもいい時間のはずだ。

なによりおかしいのが、なんのアナウンスもないことだ。

遅れるのであれば遅れるとアナウンスがないと観客も事態が分からず不満が溜まってしまう。

そしてそのまま5分……10分……。

観客たちから不満の声が漏れ始めた。

「開演時間過ぎてるぞー！」

「しおりんたちはまだかー！」

「俺のみほりんを見せろー！」

ライブの終わりの時間は決まっている。

つまり、すでに観客が楽しむ時間が削られていっているのだ。ファンたちが怒るのも当然だろう。

それにしてもなんで——

（まさか……！）

俺は周囲を見渡した。

会場全体を見渡せる照明の後ろ。

誰もが不満げな表情を晒す中一人だけ邪悪な笑みを浮かべる女がいた。

（花見……！　あいつがなにかやったな！）

俺はＺｅｌｙを起動する。

今、彼女たちはどこにいるのか……？

しっかり者のみほりんはすでに俺をブロックしていた。俺みたいな変態に場所は知られたくないからだろう。

でもしおりんとあかりんはまだ設定を変えずにそのままにしていたので場所が分かる。

二人を表す丸い点は――遠く離れた場所からこの会場に向かって移動していた。

（これはまさか……）

俺は客席を飛び出して控室へ。デビュー当時はこの会場で演奏したこともあるから勝手はある程度分かる。

控室の横の通路の奥からは怒鳴り声が聞こえてきた。

「シンクロにシティはいつ到着するんだ！」

「すみません、私たち新人で……！　何も知らされていなくて」

「奏者もいないじゃないか！　一体どうなっているんだ！」

「すみません！　すみません！」

そこには、音響や照明などの会場スタッフに怒られているカルデラの新人スタッフたちの姿があった。

俺は理解した。

罠に嵌《は》められたんだ。

花見はカルデアの上位スタッフを丸め込んで騙した。

奏者のオーダーはキャンセルした。

仕事のおぼつかない新人のみをこの場所に派遣して開場だけさせた。

そして、しおりんたちを遠く離れた別の会場に送らせた。

全て〝スタッフの手違い〟として。

(ここまでやるかよ……花見、なんて自分勝手な奴だ！)

これは単なる事故では済まされない。

そもそも今から戻ってきても1曲演奏するくらいの時間しか残されていない。

例え彼女たちに責任がなくても、ファンは、観客は、しおりんたちにどこかで怒りをぶつけるだろう。

しおりんたちは俺たちとは違う。顔も出して活動している。

誹謗中傷だけでなく、腹いせに私生活まで嫌がらせをしてくる者も現れるかもしれない。

もちろん、こんなことはカルデアミュージックにとっても痛手だ。このままだとチケットは払い戻し、赤字になる。

だが、花見はそれよりもシンクロにシティの評判を下げることを選んだんだろう。妬みで練習をさせないようにするような奴だ、それくらいの暴走はする。

だが、そんなことよりも俺は辛かった——なによりもファンを大切に想う優しいしおりんたちの今の心境を考えることが。

俺はシオンのスマホを取り出した。

——いいよな？　そっちがズルをするなら、こっちだってズルをしても。

俺はこの会場にいるはずのメンバーと鈴木にスマホでメッセージを送り、招集した。

メッセージを見たメンバーは次々と、使われていない演者控室に集まる。

俺は事情を話し、そして鈴木に聞いた。

「俺たちの仮面と衣装はあるな？」

「あぁ、外の車にあるからすぐに持って来れる」

「でも、シオン……髪がボサボサ……」

「大丈夫だ、ワックスを持ってる。使い方が分からんが」

「おっ！　やっとお前も色気づいたか！　ほれ、そこの洗面台で簡単に整えてやるよ！」

メンバーの一人、ザイレムがそう言って俺の髪を5分程で整えてくれた。

全員で仮面を装着すると、ペルソニアが完成する。

そして、俺たちは部屋を出た。

とつぜん控室から現れた俺たちを見た会場スタッフの面々は驚いていた。

俺たちはただ一言「演奏する」と言って、音響、照明などのスタッフと軽く打ち合わせをした。

舞台スタッフの中には一度俺たちと仕事をしたことがある人がいて、俺たちが本物のペルソニアだというのはすんなりと信じてもらえた。

どのスタッフも俺たちに感動しつつ急いで準備をしてくれる。

舞台の準備が終わると舞台袖で俺は声を上げた。

「さぁ、演奏開始《ショータイム》だ！」
◇◇◇
「——誰か出てきたぞ!?」

「おい！　ふざけんな！　早く——」

俺たちの姿を見て観客の怒号がピタリと止む。
そんな様子など意にも介さずに俺たちはそれぞれの持ち場で楽器を手にした。
会場が静まり返る。
「お、おい……あれってペルソニアか？」
「いやいや、こんなアイドルのライブにいる訳ないだろ……伝説のバンドだぞ？」
「な、なんだ……仮装してるだけか。そんなんで俺たちは誤魔化されないぞ！　早くシンクロにシティを出せ！」
俺たちの登場に一度はざわめきへと変わった怒号も再び顔を出し始めた。
それぞれが軽く音を出してチューニングを始める。
一番最初にハンドサインでオーケーを出したのは、
タンクトップに紙袋を被った筋骨隆々のピアニスト『ゼノン《Xenon》』
次に、
ジャック・オ・ランタンの被り物を被り、マントを羽織った少女のドラマー『シーナ《Xina》』
そして、
背広を着て、馬の被り物を被ったギターの『ザイレム《Xylem》』
直後に、

パーティドレスを着て、狐のお面を被ったベース『セレナ《Xerena》』

そしてワイシャツに黒のジャケット衣装を着た俺、ボーカルの『シオン《Xion》』はそれを確認して

シーナに合図を出した。

『始めてくれ』……と。

「ワン、ツー。ワン、ツー、スリー」

シーナがスティックを叩きリズムを作りだすと、ザイレムのエレキギターが力強く鳴り響く。

その後を追うようにゼノンの繊細なピアノの旋律が、セレンの重低音のベースの音色が調和し、音楽を作っていく。

さすがだ。

リハーサルもなにもしていないけど、何百回と繰り返した練習と経験は裏切らない。

俺たちの〝本気の音〟を聞いて、観客たちのどよめきが徐々に大きくなってきた。

あり得ない、ペルソニアがこんな場所に居るなんてあり得ない。

そんな観客たちの常識という仮面を俺は歌声でぶち壊す。

誰にも真似できない。

シオンだけが出せる声と言われているハイトーンボイスで歌い出す。

唯一無二の力強く繊細な歌声。

これが、俺が俺であるなによりの証明。

観客たちの期待が確信に変わった瞬間だった。

大歓声が上がり、人々は両腕を上げて俺の名を呼ぶ。

「「シ・オ・ン！　シ・オ・ン！」」

怒りなど忘れて、誰もかもが素顔になった。

人は面白い。

誰もかもが仮面を被って生活している。

重たい仮面を付けて。

でも、俺たちの音楽を聞くとみんな思い出すんだ。

表面的でない、心からの喜びを。

1曲、俺たちの代表曲『Persona《ペルソナ》』を歌い終えると会場は1000人の観客の歓声と鳴り止まぬ拍手に包まれる。

最前列の仕切られた招待客の席では琳加と蓮見が口をあんぐりと開いて俺のことを見ていた。

俺がマイクを摑んで再び口元に近づけると観客たちの歓声はピタリと止まった。

みんな注目しているんだ、俺たちがどうして、何者としてこの場所で演奏をしているのか。

俺はメンバーに目配せをして、全員が頷くと、大きく息を吸った。

「みなさん、こんにちは！　今回、シンクロにシティのオープニングを務めさせていただきます！　ペルソニアと申します！」

改めてバンド名を名乗ったことで会場はまた湧き上がる。

人々はスマホを取り出して俺たちの録画を始めた。

俺が言った〝オープニング〟とは〝オープニングアクト〟のことだ。

つまり、前座。

俺は続けて観客に声をかけた。

「本日の主役、シンクロにシティが来るまでどうかお付き合いください！」

そんな俺の言葉を合図に、シーナが次の曲の始まりを告げるシンバルを叩く。

――こうして、ペルソニアのプレミアムライブが始まった。

◇◇◇

「――シオン！」

俺たちの9曲目が終わる頃、舞台袖から聞こえた鈴木の声に俺は目を向ける。

すると、信じられないようなものを見るような目でアイドル衣装のしおりん、あかりん、みほりんが俺を見つめていた。

よかった、なんとか間に合った……。

随分遅くなったが、盛り上がりは最高潮。ラストを飾ってくれれば、なんとかライブとしての形にはなるだろう。

俺はマイクをスタンドに収めると舞台袖にはけ、戸惑いながら顔を真っ赤にしている3人のもとに近づく。

そして、シオンの声で声をかけた。

「しおりん、あかりん、みほりん。ファンがお待ちかねだ、俺たちじゃない、君たちを待ってる。行けるか？」

「は、はは、はい！」

狼狽えながらも、力強く返事をしてくれたので俺は胸を撫で下ろした。

大丈夫だ、しおりんたちはいっぱい練習した。

ファンのためなら緊張なんて吹き飛ばしてしまう。

「1曲分しか時間はない、メンバーが演奏できるのはシンクロにシティの代表曲、『コネクト！』だ。この1曲に今までの練習の成果を全て出しきっちまえ」

「ぺ、ペルソニアが私たちの曲の演奏を!?」

「覚えたばかりだから、下手でも許してやってくれ」

そう言って、俺は笑いながら3人の背中を押す。

しおりんたちはそのまま舞台へ。

俺たちの演奏で完全にヒートアップしている観客たちは、シンクロにシティの登場でさらに盛り上がった。

どんなに有名なアーティストが演奏しようが、ここにいるのはシンクロにシティのファンだ。

全員がずっと待ち望んでいた。

しおりんたちの登場を。

しおりん、あかりん、みほりんはステージの上で頷き合う。

そしてマイクを取ると、３人が横並びで頭を下げた。

「みなさん、お待たせしてしまい申し訳ございませんでした……！」

遅れてしまったのは罠に嵌められていただけだ。

それでもしおりんたちは誠心誠意深々と頭を下げた。

それが、アイドルの務めだから。

「しっおっりん！　あっかっりん！　みっほっりん！」

しおりんたちの謝罪にファンたちは大声でコールを始める。

待たされていた怒りはどこへやら。早くシンクロにシティの踊りを、元気な笑顔を見せてくれとでも言うようだった。

しおりんたちは楽器を手にしているペルソニアのメンバーに軽くおじぎをすると、それぞれの立ち位置についた。

「――では、ペルソニアの皆さんと共演させていただきます！　聴いてください、『コネクト！』」

～～♪

ファンたちが待ち焦がれていたその歌と踊りと音楽が、ライブ会場を揺らした――。

「みなさん、聴いてくださりありがとうございました！」
◇◇◇
鳴り止まぬ拍手がしおりんたちを祝福する中、同じように拍手をしながらステージ上には花見が現れた。

「素晴らしかったわ」

そして、貼り付けたような笑みを浮かべて手を差し出す。

「思わぬアクシデントがあったけど、公演が間に合ってよかったわ！　貴方たち、シンクロにシティには期待をしているの！　一緒にカルデアミュージックを盛り上げていきましょう！」

白々しくそんなことを言ってのける。俺たち、ペルソニアとしおりんたちが繋がっていたのを見て態度を一変させたのだろう。分かりやすい奴だ。

差し出された花見の手を無視して、しおりん、あかりん、みほりんの3人は再び横に並び観客へと頭を下げた。

「ファンの皆さん！　私たち、本日をもって芸能事務所、カルデアミュージックを退所いたします！　新たな旅立ちとなりますが、これからもシンクロにシティをよろしくお願いいたします！」

すでに決意は固まっていたんだろう、しおりんたちはそう宣言した。

花見はやり場のない手を宙に浮かせたまま屈辱で小刻みに震えている。

俺は舞台袖から出てくると、そんな花見の前に立った。

なにを勘違いしたのか、俺を見て花見は満面の笑みを見せる。

「シオンさ――」

「花見」

そして、俺は告げた。

「お前じゃシンクロにシティには敵わねぇよ」

「な、な、な……！」

花見はしおりんたちを睨みつけると、ステージから走り去って行った。

「しおりんたち、ペルソニアの代表曲は分かるか？」

「も、もも、もちろんでひゅ！」

俺が語りかけると3人ともガチガチになって返事をする。

こんなのじゃ後味が悪い、最後は最高に盛り上がってしおりんたちの門出を祝おう。

「じゃあ、アンコールだ！　俺と一緒に歌おう！　ラストプログラム、『ｐｅｒｓｏｎａ《ペルソナ》』！」

◇◇◇

このライブは話題になった。

テレビ局各社が今回の件をとりあげ、ニュースにする。

〈ペルソニア、新人アイドルグループシンクロにシティのライブでまさかの前座を担当〉

一部では、プライベートで来ていたペルソニアが異変を感じ取り急遽《きゅうきょ》演奏を始めたと噂もあり、ファンたちの間では憶測が飛び交っている。

真相は分からないにせよ、ペルソニアが前座を務めた事実は変わらない。

その結果、アイドルシンクロにシティは一躍時の人となった。

しおりんたちにはテレビ番組への出演依頼やＣＭ、ドラマのオファーまでもが舞い込む事態となったが、しおりんたちはすでに事務所カルデアミュージックを脱退。今は個人で仕事を受け付けている。

ちなみに、カルデアミュージックはチケットの払い戻しにも応じるとしたが、手を挙げた者はいなかったという。

◇◇◇

「みんな～、おはよ～！」

「――しおりんたちだ！」

「シオンと話したって本当!?」

「それどころかライブで一緒に歌ったんでしょ!?」

「ＹｕＴｕｂｅに上がってるライブ動画、もう１０００万回再生越えてるよ！」

月曜日の朝、朝宮さんたちはそんな質問攻めのクラスメートたちに満点の笑顔で挨拶をする。

いつも通り、俺はそんな朝宮さんの笑顔を盗み見していた。

この笑顔を守れてよかった……。

あの後、俺たちペルソニアは別会場でのリハーサルのためにすぐに姿を消した。

一応、リハーサルにも間に合いました。俺が無茶をさせたせいでメンバーには怒られたけど。

しおりんたちはもう事務所に所属していないからイジメられたりすることもないだろう。

これからは彼女たちらしく、元気に自由にアイドル活動ができるはずだ。

◇◇◇

お昼の孤独のグルメを終えた俺は校舎裏へと向かう。

その途中、女子トイレから椎名と蓮見が仲よくお弁当の包みを持って出てくるところを見てしまった。

おい……まさかな。

と思いながら廊下の角を曲がると――

「はぁ～、本当にシオン様素敵だったぁ～。私、何度思い出してもとろけちゃいそう……」

「私も夢に見ちゃった。ピンチに颯爽と駆けつけて、何事もないかのように行ってしまって、小さい頃に絵本で読んだ王子様みたい……」

「私たちもいつかシオン様にお礼と、恩返しをさせてもらわないと！　私の悩みをカッコ良く見抜いてくださった琳加様より素敵かも……」

椎名と蓮見に完全に目を奪われていた俺は曲がり角でそんな話をしている3人とぶつかった。

倒れそうになる彼女の一人を支えて、俺は安堵のため息を吐く。

「悪い、よそ見をしてた。怪我はない――」

「――ひぃ!?」

３人組は俺のよく知る推しのアイドルだった。

「お、おお、犯さないでください！」

俺の腕に収まったみほりんが恐怖で泣き出す。

「この変態、さっさと手を離しなさいよ！」

あかりんは俺を突き飛ばして睨んだ。

そして、最後にしおりんが尻もちをついている俺に囁く。

「私たちの練習に協力してくれたこと、本当にとても感謝しているわ——でも二度と私たちや琳加様、はすみんに近づかないで。この変態！」

いつも笑顔なしおりんがゴミを見るような目で俺のことを見下す。

（ありがとうございます……）

推しのアイドルに罵倒され、心の奥底ではなぜか感謝の言葉が出てきた。

「おい、見たか今の!?　鬼太郎、ついに誰にでも優しい朝宮さんたちにまで嫌われたぞ！」

「変態とか言われてたし、なんか最低なことしたんだろうな……」

ぐぅの音も出ないくらい全くその通りな周囲の声から逃げるように人目につかない階段下に向かった。

階段の陰で時間をつぶしていると、上の階から誰かの話し声が聞こえてきた。

「琳加さん、シンクロにシティのライブの時に最前列にいたってマジですか⁉」

「あぁ、朝宮たちはトラブルで遅刻してたみたいでな。プライベートで見に来ていたペルソニアのメンバーが急遽演奏をしてその場を救った感じだったな」

「マジっすか⁉　ペルソニア、マジでカッケーっすね！　じゃ、じゃあ琳加さんの目の前にシオンも⁉」

「あぁ、シオンは本当にカッコよかったな～。――っていかんいかん。私にはもう心に決めた相手がいるんだ。シオンなんかに目移りするな」

そう言って琳加はバシバシと自分の頬を両手で叩く。

「そうっスよね！　琳加さん、早く藤宮君を落としちゃいましょう！」

「……藤宮って誰だ？」

俺は階段の裏に隠れてやり過ごす。

哀れ藤宮……。

もはや琳加の記憶から消え去っていた彼に俺は同情した。
◇◇◇
「ただいまー」

家に帰ると、先に帰っていたあかねが玄関に正座していた。

しかし、俺の生きがいである『おかえり……』を言ってくれない。なにやら下唇を嚙みしめるようにしてうつむいている。

えっ、なに？

俺今から滅茶苦茶怒られたりするの？

そんなことを思った俺は恐る恐るあかねに近づく。

すると、あかねは大きく深呼吸をしてなにかを決心したような瞳で俺に語り始めた。

「お兄ちゃん、シンクロにシティのライブでペルソニアとして出演したんだよね？」

とりあえず、開口一番に怒られるパターンではなかったので俺は胸を撫で下ろす。

「あぁ、言っただろ？　しおりんたちがピンチだったんだ。助けるためには俺たちが演奏するしかなかった」

どうせテレビのニュースでバレるので俺はあかねに説明していた。

「で、でもそれでお兄ちゃんがシオンだってバレちゃう可能性もすごく高くなったんだよね」

あかねが心配していたのはそこか……。

俺がシオンだとバレると妹のあかねや家族にまで影響は及ぶ。平穏な日常は侵され、隠れ住むような生活になってしまう。

だから、絶対にバレる訳にはいかない。

「確かに、ペルソニアが駆け出しアイドルのライブを見ていたなんて考えられないからな。しおりんたちがいるこの学校にシオンがいると疑われる可能性は高いだろう。だが、それでも、しおりんたちを救うにはやるしかなかった」

話しながら、俺はあのライブをファンと共に笑顔で終わらせる事ができたしおりんたちを思い出した。

後悔なんかしていない。

もしあの場所で俺が動かなかったら、しおりんたちは心にずっと癒えない傷を負ってしまっていた。歌も踊りも嫌いになって、アイドルの道を諦めてしまっていたかもしれない。

「でも、あかね！　安心してくれ！　俺の正体については絶対に上手く隠すからな！」

俺はそう言って決意も新たにあかねに約束をした。

しかし、あかねはまだ不安そうな表情をする。

「あかね……まだ何かあるのか？」

俺が問いかけると、あかねは祈るように自分の胸の前で両手を握った。

そして震える声で俺に話す。

「ね、ねぇ……お兄ちゃんの正体がシオンだって知ればお兄ちゃんの大好きなしおりんたちもお兄ちゃんに振り向いてくれるんじゃないかな……わ、私……お兄ちゃんが好きな人と幸せになれるならそれでもいいんじゃないかと思ってるんだ」

あかねはそんなことを言った。

俺の為に、身バレしてもいいなんて馬鹿げたことを。

確かに今日のしおりんたちの様子を見ればシオンに大きな恩義を感じていることは分かる。

ゴミを見るような俺への視線も変わるだろう。

――だが、全く考えるに値しない。

それが、目の前であかねが身体を震わせている理由になるのなら。

「あかね。俺はしおりんたちの事が好きだが、別にしおりんたちも俺の事を好きになる必要なんてないんだ。俺がしおりんたちを推し続けているだけでいい……それがファンだからな」

俺がそう答えると、あかねは驚いた表情で聞き返す。

「ほ、本当にいいの？」

「ああ、だから安心してくれ」

俺が念を押すと、あかねは大きくため息を吐いた。

「ごめんね、お兄ちゃん。私、今すごくホッとしちゃった……わがままな妹で、本当にごめんね」

そう言うと、あかねは立ち上がって俺の胸元に顔を埋めた。

◇　◇　◇

「それでは、今日の音楽ランキングの発表です！」

やけにテンションの高いアナウンサーが毎朝恒例の音楽ヒットチャートの順位を発表する。

「――そしてっ、今朝も1位はこの曲！　ペルソニアの『Ｓｅｃｒｅｔ・ｄａｙｓ』です！」

そんなテレビの画面を、俺は妹のあかねと二人で食パンにかじりつきながら見ていた。

「よし、あかね！　この後だぞ、注目して見てろよ！」

「はいはい」

興奮する俺の様子を冷めた目で見つつ、あかねは返事をした。

「続いて2位はペルソニアとも共演した、今をときめく期待のアイドルグループ！　シンクロにシティの『コネクト！』です！」

推しのアイドルグループの曲がランキングに入ったので俺はガッツポーズをして喜んだ。

「くそー、ペルソニアさえいなければ1位だったのに……！」

「いや、お兄ちゃんのせいじゃん」

昨日、俺の胸元に顔を埋めたのが相当恥ずかしかったのだろうか。今朝は1割増しで俺に冷たい。

妹が朝食を食べ終えると俺は声をかける。

「俺が洗うよ」

「いいから、お兄ちゃんは先に学校に向かって。兄妹で登校するのも目立っちゃうでしょ」

「そ、そうか、悪いな」

カバンを背負うと、玄関へと続く廊下への扉を開く。

そうして、家を出て行こうとした時、ふと言い忘れていたことを思い出した。

「あかね——」

誰にもバレないようにする。

平穏な日常、愛すべき妹や家族の為に。

これからも俺は仮面をかぶり、上手く隠し続ける。

「今日も気をつけてな」

——クラスで陰キャの俺が実は大人気バンドのボーカルな件を。

書き下ろし
番外編

#【メガネを外して、髪整えて街に出たらすごいことになった件】

「う〜む……やはりどうにかせねばならんな……」

とある日曜日の朝。

俺は自室であぐらをかき、腕を組んでヘアーワックスを睨みつけていた。昨日の夕方、ドラッグストアで購入した物だ。

キッカケは昨日の学校の帰り道。

その時少しだけ肌寒かったので、俺はライトダウンジャケットを制服の上から羽織って下校していた。

俺もプロのミュージシャンなので体調管理には気を配っている。少しでも暑かったら服を脱いで、肌寒かったら上着を羽織るのだ。

オシャレは我慢とかいう言葉もあるけど、俺なんかがオシャレをしたところで誰も得しない。

なんか勝手に我慢している修行僧がひっそりと誕生するだけである。

つまり、『風邪をひくのは嫌なので体調管理に全振りしたいと思います』……というわけだ。

それに、また風邪なんかひいたらあかねの様子がおかしくなるからな。

この前だってそうだ、ちょっと風邪をひいただけであかねは大慌てで俺を布団に寝かしつけて栄養満点のお粥を作って部屋に持ってきた。

◇◇◇

「――お、おお、お兄ちゃん、体調が悪くて食べ物を噛むのも大変だよね!? じゃ、じゃあ私が代わりに噛んで口移しするね!? これは医療行為だから、仕方がないからね!」

「いや、そんなことしたら一発で風邪が感染《うつ》っちゃうだろ……というか、あかねも俺から離れろ。お粥は一人でありがたくいただくから」

「は、『離れろ』って!? お、お願い、お兄ちゃん捨てないで! 私に悪いところがあったなら言ってよ、全部直すから!」

「いや、今悪いところがあって治してるのは俺のほうだから。離れないと風邪が感染《うつ》っちゃうだろ」

「う、感染《うつ》せば治るかも! 私、お兄ちゃんの風邪なら喜んで感染する!」

そんなことまで言い出すあかねを俺は断腸の思いで部屋の外に連れ出して鍵を閉めた。

家族想いが強すぎてパニックを起こしてしまっていた。我が家の情操教育は成功しすぎてしまっているようだ……普段はめっちゃ馬鹿馬鹿言われたり冷たい態度とられるけど。

扉の外からすすり泣く声、「神様、どうかお兄ちゃんの風邪を治してください……」なんてあかねの祈祷《きとう》が聞こえる中、俺は眠れるはずもなかった。

風邪が治ってから、あかねは我に返って一週間くらい口をきいてくれなかったけど。

◇◇◇

——と、話がかなり脱線してしまったが、説明したいのは俺がヘアーワックスを今もなお睨みつづけて一方的な激しい心理戦を繰り広げている理由だ。

もうオチが分かってしまったかもしれないが、ダウンジャケット羽織って下校してたら警察に職質されてしまったのだ。

「——君、家で爆弾とか作ってないよね？」

「作ってないです……」

俺がダウンジャケットを脱いで制服を見せて、白星高校の生徒だと分かってもなかなか職務質問は終わらなかった。

他の下校中の生徒も職質されている俺を見て、クスクス笑いながら通過するばかりで誰も助けになんてきてくれない。

そんな状況を鑑みて、俺も考えたのだ。

「俺のいつもの格好、さすがに外を出歩くのは怪しすぎね？」と。

出かける時はたまに瓶底メガネをかけないこともあるが、それでも髪をおろして顔が見えないと職質されてしまうことがよくある。

夜道を歩こうものならモテない未練を残した陰キャの亡霊と間違われてしまうことうけあいだ。

髪をかき分けて顔を見せると俺を職質している警察の方はなぜか手のひらを返したように優しくなるのだが……やはり顔が見えないのが一番問題なのだろう。

ただ、この前の若い女性の警察の方は俺の素顔を見た瞬間、急に腕を摑んで署まで同行を願い出てきたな。

家の近くだったので偶然愛する我が妹、あかねが来てくれて「私の凛月になにか用ですか?」と貼り付けたような笑みを女性警官に向けたおかげで同行は免れたのだが。

それにしても、「うちの兄に」って言ってくれなかったのには普通にへこんだ。

やっぱり俺なんかとは兄妹には見られたくなかったんだろうな。

「外を出歩く時、せめて顔くらいは出すようにするか。警察官のみなさんのお仕事を増やさないためにも……」

そう呟いて、俺はついに睨みを効かせていたヘアワックスに襲いかかる(手に取る)。

今日、俺はバンドの仕事も練習もないので街に出るつもりだ。

だからせっかくなので今から髪を整えてみて、その格好のまま駅前のカフェで新曲の作詞でもしようかと思っている。

そんな野望を胸に1階に降りてくると、洗面台で髪を濡らしてワックスを適量手にとった。

そして、目を細めてできるだけ自分の顔を見ないようにして髪を整える。

普段、シオンとしてイケメン俳優と仕事することもある俺は、自分の顔なんか見たら落ち込むに決まっているからちゃんと見ないようにしている。

別に自分の顔なんか見なくても生活に不自由なんかしないしな。

今日は家族が全員出払っているから俺がこんなことをしていても妹に馬鹿にされることもない。

(とはいえ、正直スタイリングの仕方が分からん……!)

今までシオンとして活動する時はバンドメンバーか、売れてからはメイクさんがやってくれてたからなにも分からない。

いつかは俺も一人でできるようにやり方くらい学ばないと……。

とりあえず今日のところは顔さえちゃんと見えてればいいか。

そんなふうに考えて俺はワックスを髪になじませて、ドライヤーで前髪を横に流した。
◇◇◇
普段よりも格段にひらけた視界に少し戸惑う。

嘘、世界ってこんなに広かったんだ。

塔の上に幽閉されていたお姫様が初めて地上に降り立ったような気分で自分を盛り上げつつ俺はまず漫画を買うために蓮見書店へ。

店内に入るとお客さんは一人もいなかった。

まぁ、都心の書店じゃあるまいし開店直後の今の時間にお客さんがいるのはなにか人気作の本の発売日くらいだろう。

今や通販でも本は買えるし、書店はどこもお客さんが寂しい状況なのだ。

そんな俺以外誰もいない店内で、エプロンを身に着けた蓮見が少しだけ忙しそうに本を運んでいる。

学生の貴重な休日まで実家の店の手伝いをしているなんて、蓮見は本当に両親想いの良い子だ。

――と思うかもしれないが、彼女の場合はただの本好きという可能性もある。

蓮見は普段の妖怪モードの俺しか知らないわけだから今の状態の俺を見ても分からないだろうな。

そんなことを考えながら、本を探すフリをしてエプロン姿の蓮見を横目で堪能する。

俺だと気がつかれないまま蓮見が働いている姿をみるのは初めてだからすごく新鮮だ。

なんだか忙しそうで、少し疲れているようにも見えるけど俺には分かる。

蓮見は今、たくさんの本と触れることを楽しんで働いている。

そんな蓮見は、今度はカウンターの奥から小さな踏み台を持ってきた。本棚の高い位置に本を差し込みたいのだろう。

いざという時のために俺はそんな蓮見の後ろにさりげなく回り込んで本を探すフリをする。

（まぁ、要らぬ心配だと思うが……）

蓮見は運動神経皆無だが、さすがにこの小さな台の上に乗るくらいでふらついたりしないだろう。

そんな立ったフラグに従うように蓮見は台の上でバランスを崩した。

「――っ!?　きゃー！」

悲鳴を上げて踏み台から落ちた蓮見を俺は右腕で優しく受け止める。

そして蓮見が転倒する際に上に放り投げてしまっていた本を俺は左手で摑んだ。

不意にこんなことをしろといわれたら無理だが、俺は予測していたのでなんとか両方救えた。

大好きな本が床に落ちたら蓮見は自分の身体が床に落ちるよりも悲しむだろうしな。

「よっと、大丈夫か？　全く……あまり俺を心配させるなよ」

ため息を吐いてそう言うと、蓮見の顔が真っ赤に染まった。口をパクパクと開き、俺の顔を見つめている。

こいつのことだから感謝の言葉を言いたいんだけど声が出てない感じだな、俺はコミュ障には詳しいんだ。

そう思った後に、俺は自分の今の状態が蓮見にとっては〝赤の他人〟だということに気がついた。

やべぇ、いきなり知らない奴にこんなこと言われたらそりゃビビるだろ。

「わ、悪ぃ……馴れ馴れしかった」

そう言って俺はすぐに蓮見の身体を立たせて手を離した。

ていうか、助けるためとはいえ蓮見の身体を抱きかかえちゃったよ。

おまわりさん、蓮見が悲鳴を上げたのは俺が抱きかかえる前なので冤罪です。

そんな馬鹿なことを考えつつの内心本当に警察が駆けつけてしまっていないか店の入口を確認してしまっている俺がいた。

「あ、ああ、ありがとう……ございます……」

蓮見は今まで見たことがないくらい顔を真っ赤にして、うつむきながらお礼を言った。

お礼を言うのに10秒くらいかかってたけど……こいつ、ここまでコミュ障だったっけ？

「次からは気をつけて。ほら、大切な本も無事だ」

俺は自分の正体が須田凛月だとは明かさず、いつもとは声を変えて蓮見に本を手渡した。

だって身体を抱きかかえちゃったし、俺が須田だとバレると次に会う時は絶対に気まずいだろ。

「は、はい！　き、気をつけます……！　よ、よよ、よければお礼にこのあと——」

そこまで言って、蓮見はなにやら口をつぐんでうつむいた。

「だ、ダメよ私には須田君が……そ、それに見た目で人を決めるなんて私が一番嫌いなことじゃない……こ、これ以上この人に関わるのは危険よ、分かってても心移りしちゃいそう……」

蓮見は小さな声でなにかを呟いて再び顔を上げた。

なんか『見た目』がどうこう、『この人に関わるのは危険』とかかすかに聞こえたけど……。

「——な、なんでもありません！　本当にありがとうございました、どうぞゆっくりと本をご覧になっていってくださいね！」

蓮見は満面の笑みで俺に店員対応をすると、逃げるようにレジの後ろへと行ってしまった。

明らかに〝俺の見た目〟が原因でお礼が流れたのだろう。

あの優しい蓮見が許容できないレベルのブサイクな顔面なのか……。

これ、逆に職質されるのが増えたりしないよね……？

俺は心の中で悲しい涙を流しつつ、目当ての漫画を手に取ると蓮見が作業をしているレジへ向かった。

蓮見に気まずい思いをさせないためにもさっさと買って店を出てあげよう。

「あっ、こ、この漫画！　私大好きで――――！」

俺が漫画の本を持って行くと蓮見は瞳を輝かせてたまらない様子で話し始めた。

しかし、「し、失礼しました！」とすぐに咳払いをして会計を始める。

そりゃ好きだろう、お前におすすめされた漫画だからな。そこまで興奮するなんて期待が持てそうだ。

「あ、あの……また来ますか？」

蓮見は商品の入った袋を渡す時に、恥ずかしそうにそんなことを聞いてきた。

もう関わりたくないみたいだし、できれば来て欲しくないいんだろう。

俺は蓮見を安心させるために言い訳を考えた。

「たまたま書店があったから寄ったけど、家が遠いんだ。だからもう来ないかもな……」

俺がそう言うと、蓮見はすごく悲しそうな表情をした。

そして気がつく。

俺は馬鹿だ、蓮見は確かに少し見た目で人を判断してしまったところもあるが店員として客が来て欲しくないはずがない。

ましてや、こんなことがあった後だと自分のせいで来なくなってしまったと落ち込んでしまうだろう。

俺は悲しそうな蓮見の表情をなんとか明るくできないかと苦し紛れに言葉を続ける。

「——でも、おっちょこちょいな君がまた怪我でもしちゃわないか心配だから。たま〜に様子を見に来るよ」

そう言って微笑みながら俺はつい蓮見の頭を撫でてしまった。

もはや身体に染み付いた呪いとも言える、俺のお兄ちゃんスキルの自動発動だ。

「へ……？　は、ははぃい!?」

蓮見は突然のことにびっくりして、よろけるようにしてレジの後ろの壁に身体を預けた。

顔がどんどん赤くなって、蓮見は目をぐるぐると回してしまう。

やばい、これは普通に通報モノだ。

「じゃ、じゃあまた！」

俺は商品の袋をカバンにしまい、急いで店から逃げた。

◇　◇　◇

「ふぅ〜……」

駅前広場の時計台の前でため息を吐いた。

もう蓮見の店には素顔じゃ行けないな……。

当初の目的の通り、俺は作詞に最適なカフェが近くにないか、スマホで検索を始めた。

一人でカフェに行くのは初めてなので、実は楽しみである。

「あの〜、お兄さん今、お、お一人ですかぁ？」

すると、突然女の子の3人組に話しかけられた。

全員顔を赤らめてなにやらモジモジしている。

「よ、よかったら私たちと遊んでくれませんかぁ？」

そんなことを言って、3人は上目遣いで俺を見る。

——いや、お前らいつも教室で俺のことキモイキモイ言ってイジメてくる女子の綾瀬《あやせ》と初音《はつね》と早乙女《さおとめ》じゃねぇか。

なに？　その活動町中でもやってるの？　社会貢献のボランティア感覚なの？

俺を人目につかないところに連れて行って遊ぶ（金を手に入れる）んですね、分かります。

「いや。じ、実はこの後用事があって——」

俺はイジメに遭わないように必死に嘘を吐く。

彼女たちはなんだかコソコソとお互いに耳打ちし合ってるし……どうせ悪口だろう。

「こ、こんなすごい顔の人初めて見た……！」

なんならちょっと聞こえてますよ、こんなキモい顔面の持ち主初めて見たみたいな会話。

わざと聞かせている感じもあるし、すでに彼女たちによる嫌がらせは始まっているのだろう。

「じゃ、じゃあ！　連絡先だけ交換してくれませんか⁉　私の携帯番号と住所とＲＩＮＥのＩＤをお教えしますから！」

いや、ヤバいだろこれ。

きっと教え合ったら休日や放課後に彼女の家まで呼び出されて犬の真似とかさせられて——なにそれ悪くなさそう。

「あ、ず、ズルいよ私も！」

「私もお願いします！　いつでも連絡してください！」

追随するように他の二人もスマホを差し出して頭を下げてきた。

昨今のペットブームはすごいなぁ。

「ご、ごめんね！　ちょっと急いでるから！」

ペットになれる未来を若干惜しみつつも俺はなんとか自分の人間としての尊厳を選択した。

そうして速歩きでその場を去る。

その後もカフェを探して闇雲に歩き回っている間に何度も声をかけられた。

「あの、お兄さん！　今、お暇ですか⁉」

「突然すみません！　貴方との運命を感じてしまいまして！」

「き、君！　お金払うから！　ちょっとだけお姉さんと遊んでくれない⁉」

「君、アイドルとか興味ない？　君なら絶対に芸能界のてっぺん取れるよ！」

女子中高生にＯＬさん。

果てはどっかのプロデューサーにまで声をかけられたが俺は歩みを止めずにスルーした。

鬼太郎状態の時に何度か経験しているが、こういうのは確実に怪しい副業の勧誘かパワーストーンや幸せになる壺を売りつけようとしてくる人たちだ。

俺が顔を出して歩いたことでカモになりそうな幸薄オーラが全開になってしまったのだろう、滅茶苦茶声をかけられる。

（俺は、カフェでオシャレに作詞をしてみたいだけなんだ……！）

その後、ようやく見つけて入ったカフェでも女性店員たちがチラチラ見てきて、ひそひそとなにか言われていて全く集中ができなかった。

クラスでの俺とほとんど変わらない居心地の悪さを感じる……カフェでのお一人様ってこんなにハードル高かったの？

いや、多分オシャレなんか程遠い俺なんかがカフェで作詞なんかしているからだろう。

「すみません、お会計を……」

「――!?」

たまらず店を出ようとする俺のレシートの裏面に女性店員たちが集まってなにかを書き込んでいく。

なにこれやばい、絶対に『二度と来んなカス』とか書かれてるでしょ。

「すみません、レシートは要らないです」

俺はそう言って逃げるように店から出た。

(これからどうしようか……)

今のところ、顔を晒していることでろくな目に遭っていない。

とはいえ、折角の休日だしやっぱり街をぶらぶらしてみるか。


その後、俺は椎名に偶然出会って付き合わされたり……。

しおりん、あかりん、みほりんと会っちゃったり……。

バンドメンバーの大学生のお姉さん(セレナ)に彼氏のフリをさせられたり……。

取り巻きを引き連れた琳加に見つかったり……。


これらの話はどこか別の場所で語ろうと思う。

とにかく、俺はせっかくの休日を満喫することもできずへとへとの状態で帰宅したのだった。

まぁ……こんな日も悪くないと思っている自分がいるのだが。

◇◇◇

翌日、学校に登校中、蓮見が俺を見つけて駆け寄ってきた。

そして、なんだか力強い瞳で突然言い出す。

「り、凛月！　私、どんな人に会っても心をかき乱されたりしないように気をつけるから！」

「お、おう……気をつけろよ」

きっと昨日変質者（俺）に会ったことで自衛の意識が芽生えたのだろう。

俺の狙いどおりだ（大嘘）。

「変なやつに会ったらちゃんと身を守れよ。あと、一人で店番するのは危ないからやめとけ」

なんだか隙だらけだったような気がする蓮見に俺は忠告する。

「確かにそうかも、昨日も私ったら転んで怪我をしそうになっちゃって」

蓮見が悲鳴を上げても、誰も来なかったのは今思えば問題だ。

本屋に来るお客さんは大人しい人が多いんだろうけど、レジで微笑む蓮見の笑顔なんか見たら変な気を起こす奴もいるかもしれないしな。

冗談じゃなくて本当にたまに蓮見の様子を見に行ったほうがいい気がしてきた……。

「やっぱり心配してくれる凛月は優しいね。うんうん、やっぱり人は見た目じゃないよね。私ったらどうかしてたみたい。じゃあ、また教室でね！」

昨日蓮見の髪に無断で触った変質者が目の前にいるとも知らずに、蓮見は俺に満面の笑顔を向けて先に行った。

あとがき

こんにちは、作者の夜桜ユノです。

本書を手に取ってくださり、まことにありがとうございます。

『クラスで陰キャの俺が実は大人気バンドのボーカルな件』は筆者の2作品目になります。

1作品目はファンタジー、2作品目がこの恋愛小説で、同じ作風でギャグ多めに書いてます。

今、「恋愛小説……？」と思った貴方。恋愛小説です……いいですね？

陰キャ描写にはこだわり、幼少期から本作のリアリティを出すためにあえて陰キャでいました。そのせいで恋愛描写のほうが少しおろそかになりましたが……続きではそのあたりも頑張ります。

本作を刊行するにあたりご尽力くださいました関係者のみなさまに深い敬意と感謝を申し上げます。

この本を作っている時期はコロナウイルスで世の中が混乱していました。本編でもあかねが「手を洗って！」と言っているのは連載当時の読者のみなさんへの呼びかけだったりします。

そんな中、この作品が無事読者のみなさまのお手元に届いたことを大変嬉しく思います。

感謝といえば担当編集の黒田さん、いろいろと大変お世話になりました。

そして、本作のイラストを担当してくださったみすみ様のおかげで自作のキャラクターたちと会うこともできました、みんな可愛くて感動です。みなさんはどの子が好きでしたか？

あっ、そうそう。書き下ろし番外編の『メガネを外して、髪整えて街に出たらすごいことになった件』ですが、実はこの話の途中がありまして、カフェを出たあと凛月は『椎名ママにオギャらされそうな件』→『しおりんたちのマネージャーのフリをして窮地を救った件』→『セレナの彼氏のフリをして、琳加に家まで送ってもらった件』の順番でハプニングに巻き込まれます。

こちらは特典SSで読めるので、欲しい方は入手方法を調べて購入していただけると、素顔を晒した凛月の勘違いだらけの休日の話が完全版になります。

特典SSは1つ5000文字以上の大ボリュームで、それぞれなかなか上手く書けたので読んでいただけると嬉しいです。セレナの本格的なお披露目がまさかのSSです。

漫画は出る予定ですが、2巻が出るかは本書の売れ行きと、素敵なレビューにかかっておりますので応援してくださる方は通販サイトなどで高評価をポチッと付けてくださると嬉しいです。

本作が少しでも読者のみなさまに楽しんでいただけることを祈って筆を置きます。

二〇二〇年十月　夜桜ユノ

この本を読んでのご意見・ご感想・ファンレターをお待ちしております。
〈宛先〉　〒104-8357　東京都中央区京橋 3-5-7
（株）主婦と生活社　PASH！編集部
「夜桜ユノ先生」係
※本書は「小説家になろう」（https://syosetu.com）に掲載されていたものを、改稿のうえ書籍化したものです。

PASH! ブックス

クラスで陰キャの俺が実は大人気バンドのボーカルな件

2020 年 11 月 09 日　1 刷発行

著者　夜桜ユノ
編集人　春名 衛
発行人　倉次辰男
発行所　株式会社主婦と生活社
〒104-8357　東京都中央区京橋 3-5-7
03-3563-5315（編集）
03-3563-5121（販売）
03-3563-5125（生産）
ホームページ　https://www.shufu.co.jp
製版所　株式会社二葉企画
印刷所　大日本印刷株式会社
製本所　株式会社あさひ信栄堂
イラスト　みすみ
デザイン　ナルティス：稲葉玲美
編集　黒田可菜

　ISBN978-4-391-15506-8